字母會 L 逃逸線

L'abécédaire de la littérature

L comme Ligne de Fuite

L'abécédaire de la littérature:
L comme Ligne de Fuite

目次

字母會 L 逃逸線

楊凱麟

L如同「逃逸線」

L comme Ligne de Fuite

當代小說的啟發之一，不在於文學如何面對並解決各種紛至沓來的問題（性別、國族、殖民、家族、離散、歷史、記憶……），相反的，是小說家如何藉由小說「離開問題」，以字詞改變已建制化的知覺與感情，鬆動僵化的思想，在可見中撐開不可見的孔洞，馳騁於未決的雷池之間。簡言之，書寫，便是劃出一道從既定建制與固有形式離開的逃逸線。

逃逸並不是懦弱，「不去面對問題」，相反的，這是一條創造性的流變之線，為了擺脫束縛，沒有人能事先指出書寫的逃逸線在哪？藉由文學，卡夫卡使人流變為蟲，以便從父親的威權中逃逸，也從官僚與國家機器中逃逸。逃逸線因此同時也是生命之線，書寫小說是為了讓生命離開教條與宰制，以便重新獲得基進實驗的可能，讓不可知覺之物成為知覺，已知覺之物破碎為分子化狀態，以便創生嶄新的情感。

經過但不固著在任何一點，穿梭在各種建制之間，在秩序、行動、年紀、性別、虛實間滑動，如同黑豹黨人喬治・傑克森（George Jackson）所言：

「我或許在逃逸，但是在逃逸時我尋找武器。」寫小說（與更單純的「講故事」）並不自成目的，因為書寫是為了能迫出生命的特異樣貌，「製造運動，在其一切積極性上劃出逃逸線，跨越門檻，抵達僅為自身而生的強度連續體，發現純粹強度的世界，所有形式在此瓦解……」德勒茲與瓜達希如此評論卡夫卡。

逃逸不需真的到任何地方，或者不如說，即使到天涯海角都逃不了，因為逃逸取決於強度的就地「爆棚」與滿溢，是碰觸極致變化（流變）的強度連續體：在逃逸中一切都流變為分子的、流變為不可感知的、流變為不可思考的……；這不單純是運動的問題，無關乎由A點到B點的任何故事演進與路徑（不論故事多精采），逃逸是關於速度之事，是強度的不動旅程，而這或許只有小說書寫才辦得到！

流變為蟲，以便劃出一條逃逸線與生命線（卡夫卡）；獵捕像一座山的白鯨，以便由一切感知與思考中逃逸（梅爾維爾）；酗酒與嗑藥直到迫近身體的殘酷底限，由組織與常識中逃逸（麥爾坎．勞瑞與威廉．布洛斯）；將欲望飽漲在每一顆空氣分子之中，以便生命能重新與自然結合成強度連續體（D．H．勞倫斯與吳爾芙）……。逃逸線建立在純粹的強度世界中，以強度逃逸，逃逸亦是為了重獲生命的強度！

書寫總是意味劃出一道不可感知與不可思考的強度逃逸線，然而逃逸絲毫不是避世，而是為了尋獲嶄新的武器，亦即，小說。讓小說書寫成為不固著任何定點的流體，以便創造嶄新的現實，劃出逃逸線，瓦解既有疆域，讓小說成為波赫士的直線迷宮，成為理想的「生命—實驗」之地。

字母會

黃崇凱

逃逸線

L

逃逸線

Ligne de Fuite

無事的下午，我晃到百貨公司，打發時間。意識到自己夾在洄游魚群般的週年慶人潮，已被簇擁著看過好幾輛花車特價品，才從人肉堆中撐擠而出，獲得稍許喘息。我一定是傻了，怎會忘記這時節的瘋狂搶購，居然主動走進絞肉機。正要離開激戰區，瞥見「Whose Library」的指示牌，海報視覺是一堆書冊，每個名字都不認識。我想這個好，就去看看，這種時候要逛書展的人應該不多。

排隊跟著緩慢消化的人龍搭上手扶梯，一層層繞上去。如今手扶梯非得逼顧客繞一圈ㄈ字形才能尋到上下樓的扶梯口，為的就是增加顧客撞見商品的機率。抵達七樓，電玩遊樂場的聲光轟鳴迎面撲來，穿過兩側各色餐廳候位顧客的慵懶面孔，嘈雜聲線隨著指示標誌漸次壓平，幾座小小的帳篷型展場素淨地在眼前出現。接待處有兩個穿白Polo衫的女生，一人遞給我展場介紹單和活動時間表，另一人向我說明「Whose Library」致力推廣將每個人視為一本書、鼓勵彼此借閱的理念，以及這個非營利組織的緣起和各地發展狀況。「本來我們基金會規定每次借閱均需預約，每次限三十分鐘、最多十人同時借閱。不過因應科技發展和社會變化，我們正在試驗一些新做法……」

原來我搞錯，這裡根本不賣書。反正我沒事，查看最近有哪本書可聽，登記完就坐進小帳篷。幾分鐘後，來了個二十幾歲的纖細女生，大約一五五公分，膚色白皙，過肩直長髮頂上斜斜戴著絨毛米色畫家帽，上身海軍藍針織毛衣，下身是酒紅短裙伸出兩條細直的黑色絲襪，腳踩鈷藍色馬汀大夫靴。整個人有種幼咪咪又軟綿綿的質感，整體配色有點像是青天白日滿地紅的國旗。她一開口，我就知道這應當是傳說中的「偽娘」了。他說，我開口講話以後大家有沒有嚇一跳？如果有，那是正常；如果沒有，那你應該是非常——非常open的人。偽娘君熟練地開場說話，先從他中性略低的聲音說起，談及從小到大的成長歷程，總是有著生錯性別的認同危機。粗俗點說，就是常常被說娘娘腔、長大一定是gay。他從來不喜歡這副身體，也不喜歡別人強加的標籤，天天做伏地挺身、仰臥起坐，把自己練得強壯，希望多長點肌肉。頭髮通常理成大平頭，有時對著鏡子練習凶狠的表情（他現在做來卻非常可愛，美人故意裝醜的那種可愛）。可是他的身高在國中以後就沒繼續增加，始終維持在一五五公分。想故意吃胖，卻因為腸胃脆弱，受不了多油高脂，每喝牛奶就拉肚子。偽娘君說，幸好我成績不錯，讀書時期沒遇到什麼嚴重的霸凌，那些嘲笑的酸言酸語聽慣了，多少明白人類的詞彙和想像力有限，特別是那些不讀書的人。

後來，總是會有這麼個後來，遇見了一個「卓越」的女性（他真的用這個詞）拯救了他。就是他太太。在場所有人不約而咦了一聲，偽娘君笑瞇了眼，顯然是他演講常用招數。他太太是大學同學，兩人在一起滿一年後，約定在紀念日當天要說出彼此的生命故事，尤其是那些從不對人說的心事。偽娘君說，好啦現在我知道只有熱戀而且是初戀的笨蛋，才會這樣掏出全部的話跟對方說。大家都年輕過嘛。你們知道我太太當時第一個問我什麼嗎？——她要我坦承我是同性戀。你們看，荒謬吧？即使我們的貞操都獻給彼此了，她還懷疑我。那時我一句駁斥她：「我又沒跟妳要求肛交！」你們猜她怎麼說？——「說不定你其實希望我肛你啊。」我說我何時流露這種渴望？我沒發出什麼暗示吧？她說，「唉唷那就是一種感覺嘛。你不是就不是，這樣我清楚了可以了吧。」各位聽聽，這什麼話！我當下覺得超委屈，眼淚撲簌簌掉下來。我太太，那時還是女朋友，看我哭，急急忙忙說別哭別哭是我不好錯怪你，像在演八點檔那樣，她握著我的手掌摑她的臉頰，左一句是我錯，右一句對不起，我一下覺得好荒謬啊就噗哧笑出來。我們的真實生活，曾幾何時變得那麼戲劇化？我們不知不覺被那些誇張的表演影響，變得只會以這種方式表達情感了。大家不覺得恐怖嗎？我們的自我表達能力在大量的影像戲劇中，被消除得一乾二淨，好像我們在做什麼、想什麼都被制約了。我們住在類似這樣的透明框框中，卻沒察覺受到限制。小框框之上有大一點的框框，然後還有更大的框框，層層包圍我們。就像我今天在這裡，我不開口，沒人以為我是男的。常常是我就算開口，也沒人不覺得我是女的。

但是男的、女的這樣的性別概念，現在夠用嗎？我不確定。我只能說，要不是我太太，我大概沒有勇氣嘗試穿女裝、化妝，解放我的身體去接受這些改變。是她手把手教我描眼線、刷睫毛、擦粉底、塗口紅，學會穿窄裙腿該怎麼擺、踏著高跟鞋怎麼走得從容自在（還教我在腳後跟貼OK繃才不會被鞋口擦傷）。我才體會到女性在社會化的過程中，得學習多少瑣瑣細細的規範、姿態。說真的，就算我以前穿男裝，還是好多人說我不男不女、女扮男裝。現在好了，我留了長髮，穿女裝出門，沒人指指點點，也沒人想說我其實胯下有一組家私晃來晃去呢。在場聽眾又被他逗笑了。後來某天，我經過百貨公司櫥窗，看見倒影中的自己，才意識到原來我是長這模樣。很奇妙吧。我天天照鏡子、裝扮自己，可是我的視線裡沒有我，我製造的是別人眼中的樣子，符合普通人對長這種臉、這種身材的想像。久而久之，是男是女這個問題都不太容易想起，我就只是過日子。我跟太太一起出門逛街，人家只當我們是姊妹淘、手帕交，可是他們想像不到我們在房間裡做什麼喔——

欸大家別想歪，我是說畫眉毛、描眼線啦。我有地中海型貧血，有時手會抖，老是描不好，抓不準高低。

我們小孩出生後（底下一聲驚呼），沒錯，那個訝異就跟我太太生產的醫院護士一樣。我永遠不會忘記那個混合著驚嚇、奇異和遲疑的眼神。好像我是來鬧的還是跑錯攝影棚。我說我是孩子的爸爸，院方懷疑我變性，我氣得差點要「檳榔交出來」給他們看哩（這個黃腔意外沒引起來笑聲）。奇怪，檳榔交出來這個你們沒聽過喔？真的聽不懂？算了，總之我身分證秀出來，我堂堂正正的身分證字號1開頭，貨真價實。轉到坐月子中心，打掃阿姨每天看我們夫妻兩個窩在一起玩小孩，對我太太嘆說所以講啊查埔人有啥效啦，加在有姊妹仔陪妳，查埔人做爸爸沒責沒任，沒腳數，咱們查某人一定要堅強喔。那時候我們已經很有幽默感，也懶得解釋，就陪笑矇過去。當起新手父母這半年真的很辛苦，睡覺變成斷斷續續，時時心裡都掛念小孩是不是餓啦、放尿拉屎啦、哪裡不舒服啦。我覺得最累的不是身體，反而是精神，因為實在不知道怎麼做比較好。我太太整天在親子育兒論壇上看各種問答，做筆記，怕自己沒有給小孩最好的照顧。當然啦，我們這時代最恐怖的就是養小孩很花錢。我們真的進入了一個新世界，那裡面有數不盡的幼兒食品、副食品營養成分，各種攜帶小孩的器具，花花綠綠好多玩具，總是不夠穿的小孩衣服。每樣東西上面都有一個標價。然後你還需要建立一個支持系統，誰可以幫你顧幾小時到半天的小孩？誰可以託付一天？附近有哪些保母、托兒所？哪裡有東西不會太難吃又太貴的親子餐廳？諸如此類的。啊我怕再講下去就變成育兒經驗分享座談了，今天就先說到這裡。等下進入Q&A時間，大家想問的都可以問，別客氣。

問答時間後，眾人散場離去。我看到偽娘君跟個應該是他太太的人碰面，接過大背袋掛在肩上，從太太的前背式揹帶露出一顆飄著細毛的頭顱和小巧四肢。偽娘君逗著小孩，一起走往電梯。太太高他一截，短髮俐落，像是姊姊。我留在現場，跟兩個接待妹妹閒聊，端著平板電腦大概瀏覽過目前藏書概況，真是五花八門什麼都有。依普通圖書分類，文學、人文社科、商管、生活才藝、心理勵志等；也有依主題分類，「睡不著的時候」、「斷捨離超整理術」、「空虛寂寞覺得冷的 moment」，看得我眼花撩亂。離開展場前，我遞出了登記會員的申請單，就等審核通過。

回家路上，我騎著摩托車，回想偽娘君的座談內容，深深覺得人類文明走到今日真是了不起。都說人類是地球上的一支物種，但講到人類的時候我只有抽象的感受，從不覺得那一大群面目模糊的人與我有什麼關係。生生死死，我知道一些，大部分人都不會直接造成太多生命的死傷，除了一些罕有的瘋子狂人，誰不是將就著過生活。人們學會分工讓生活變得有效率。每個吃葷食的人都分享了許多間接的死。每塊雞鴨鵝牛豬羊肉都是屠宰場收集了龐大的死以後再分割送出的加工品。多數人不操持、不面對一具活體的消亡。如果每個吃肉的人都得親手宰殺動物，世上的素食者一定會與日倍增。這是人類文明的詭計，讓許多人在責任不斷轉嫁移動後，只剩輕微到無感的重量。少數人則要承擔著單調、無止盡的重負，掙扎著活下去。偽娘君是眾多人類的特殊存在。他讓「人類」這個抽象概念變得具體。他的有趣之處來自真實生理性別與外在表現性別相反。他有著普通已婚男人的家庭，卻像是那個家庭裡的女人。如果同志是以神魂跨越性別，偽娘就是以肉身欺瞞性別。

回到家裡那間小小窄窄的套房，點亮燈，我會看見那張占據空間中心的餐桌。我曾與妻子就在這裡，吃飯、喝茶，面對面各自低首滑手機。我們沒告訴任何人結婚的事，以致離婚時也像是什麼都沒發生過一般平靜。我在大學的社科研究單位當著混口飯吃的約聘助理，平時幫老師們收集數據資料、跑腿報帳、辦理籌備大小研討會聯繫雜項，每年幫著發想一些研究計畫申請案。主持該單位的老師初始常提起我的博士學籍，要我試著寫完博論畢業。我心想，寫完之後又怎樣，進入那些煎熬的應聘徵選流程，看自己會在哪一關被踢掉。接著一次次求職調降標準，從大城市的國立大學，偏遠的國立大學，到城裡的私立大學，再到隨便哪家技職科大都丟出應徵履歷。每一次都要消耗為數不多的人脈、老師們對你的憐憫，你只會得到一直疊加的人情債和空虛。我看過太多這樣的同學。他們變得憤恨、偏激，有些鑽研起心理學，有些開始修佛念經。比較實際的就轉投公職考試，或者託人打通關係前進大陸找機會。我打一開始就不想這些，找個學校系所的助理職位還比較實在。至少環境熟悉，事務單純，而且有極強的惰性，多少人一輩子就在一個系所辦公室裡度過大半職涯。

關於我曾有過一段時間的妻子，回想起來，像是撿來一隻流浪貓而牠又在某日悄無聲息離去的故事。我給自己泡了杯紅茶，我捏著立頓標籤提起茶包絲線，浸泡的熱開水逐漸染成琥珀色，一個色號一個色號加深。我在冰箱壓縮機噪音隆隆運轉起來的時候，體會夜晚獨自面對一杯熱茶的心緒。我覺得可怕的是，每當我想起我曾有過婚姻，卻對那段時間、那個人漸趨模糊。彷彿守護著一個祕密太長太久，最後忘了祕密自身。

幾天後，我收到電子郵件，正式成為Whose Library會員。為了方便會員彼此借閱，我得整理自傳簡介，上傳至系統網站，並點選圖書分類。在積分制度中，我得透過被借閱與借閱累計的次數和評比，逐步獲取其他進階服務權限。雖然他們標榜每本書都是平等的，但實情就是有些書比較熱門，借閱等候人數常在十以上。以人為書畢竟是個概念，不可能像公營圖書館的館際調閱那般把人運來載去，所以才會有巡迴各地的小型借閱座談。我早知道偽娘君跟我住同一城市，立刻送出預約借閱申請。以他受歡迎的程度，我得排十幾個讀者之後。無所謂，我有多到不知所措的時間可等。

等到我跟好幾個讀者見過面（真意外有人對大學助理工作感興趣），也跟隱身為讀者考察借閱品質的巡閱使開過檢討會（比較像是敘述策略的修正和改進）。幾個月後，總算輪到我跟偽娘君的單獨借閱時間。我用掉了新會員獨享的唯一一次換宿借閱機會。

我在下午的約定時間抵達偽娘君住處公寓，按下電鈴對講機，傳來模糊沙啞一聲喔，大門開啟。我爬上四樓，偽娘君已在門口等著。他穿一身淺灰色居家休閒服，對我略帶歉意說家裡有點小請見諒，讓我換好室內拖鞋進門。他喊了老婆客人來囉，虛掩的房門悶悶應答，他對我說不好意思小朋友在喝奶，要我先放行李，隨即端出一壺茶。在這約莫二十五、六坪的空間，兩房一廳一衛，四十二吋的電視螢幕位居客廳中心，5.1聲道家庭音響組、長桌和沙發依序圍繞。偽娘君向我介紹環境，衛浴使用注意事項（別丟衛生紙到馬桶會堵塞喔別信那個環保署長唬爛）。二十分鐘後，他太太從房間出來，輕輕關門，躡手躡腳倒退，坐下後吁了長長一口氣。太太說，拍謝客房堆了好多小朋友的尿布和奶粉。我搖搖手說沒關係，這種時候來打擾我才不好意思。我們禮貌交換一些個人身家和工作資訊，有點參加聯誼活動的生硬。一會他太太說，既然你都來了，給你看點特別的。偽娘君起身，站在電視和長桌中間，緩緩轉身一圈。他太太說，你看，他穿這種寬鬆的衣服就不大看得出身材，不過呢，他太太站到他身後，一把拉下褲子。我猛然受到眼前景象刺激，閃避攻擊似地低下頭，視線從褪到膝蓋的休閒褲縐褶，慢慢移動到兩隻雪白顯出淡淡青筋的大腿，再往上到鼠蹊部。他太太說，沒關係就看吧。我看到生殖器部位是光禿禿的肉丘，底下有開口。他太太說，轉一下，偽娘君轉到背面，兩片蜜桃似的臀肉正對著我。然後他轉回正面。他太太問，怎麼樣有什麼感覺，同時從偽娘君背後伸出雙手，一隻揉著他胸口，一隻向下游往不毛地帶。我的眼睛大概睜得超大，直吞口水，說不出話。偽娘君說好了啦老婆妳嚇到人家了，邊說邊拉起褲子。他太太說，唉唷你太古意了。他們沒事般坐回沙發，打開電視，新聞臺播報聲極輕極低，畫面上有三種方向的跑馬燈文字不停重複。我們一時無話，不久，偽娘君提著白瓷茶壺到廚房沖了一壺茶返回。他太太問起晚餐吃什麼，隨手從電視櫃旁掏出一個資料夾，翻看著各式飲食傳單，喃喃念著吃什麼好呢，最後決定吃外送披薩和炸雞。他太太對他說，今天我想放縱一下好不好嘛。

我們吃得雙手油膩，簡單收拾後，偽娘君到房內抱起醒來的嬰兒，他太太在浴室準備浴盆放水。我實在看膩了新聞臺，切換頻道也沒意思，就到浴室看他們幫小寶寶洗澡。放水的龍頭套上可愛大象的軟墊，像是從象鼻流出一盆熱水，他太太伸手到水裡試水溫，比出OK。偽娘君捲起褲腳跪在小浴盆旁，雙手撐著小孩的頭、頸和肩膀，輕緩推入浴盆，蒸氣氤氳，小女嬰粉嫩的肉浸泡在水中踢動雙腿，暴露著光亮的恥部。那並不情色。但我還是不免想到偽娘君的下面，也是一片空白。他沖洗小孩身體完畢，他太太攤開大浴巾包裹住小孩，輕柔擦乾像在擦拭一尊易碎的瓷器。偽娘君捏著棉花棒，陸續清理小孩的耳朵和鼻子，再抱至臥房床上，幫她穿上新的尿布。穿好衣服的寶寶在房間地板上的巧拼爬行，發出baba之類的聲音，偽娘君拿著絨毛娃娃和塑膠小豬陪著玩耍，他太太收拾浴盆後接著洗澡。

偽娘君說，你看，養小孩就是每天要重複這些事。又說，我太太好像嚇到你喲？她總愛這樣嚇唬來換宿借閱的人，別放心上。你是不是很想問，既然我是偽娘，怎麼沒雞雞對吧？其實你看到的並不是我真正的下體。偽娘君從房間衣櫥拿出一件白淨膚色的事物遞給我看，喏，我每天都穿這個。我拿著這件翻面的矽膠軟褲，有兩條相鄰的管道，兩個頂端開口方向相反。偽娘君解釋，一個是可以把雞雞放進去方便尿尿，另一個呢也是可以把雞雞放進去。他哈哈笑了起來，補充說不過我是沒怎麼用過啦。我聽著聽著，腦中隨即浮現他太太戴著假陽具插入他的假陰道的畫面。你看這後面屁股部位還有開口，就連大便都不用脫下來喔。他接過軟褲，掰開給我看。你看我整隻手都可以穿過去。說真的，一開始穿這種假陰褲（這名稱真不雅）有點憋，雞雞可以藏，蛋蛋就真的很哀傷了，擠得很不自在。不過事事都這樣，久了就習慣，我甚至有時都不覺得蛋蛋存在，搞不好這就是傳說中的「縮陽入腹」？對了，還有一件事很好笑，這種假陰褲也有植毛款可以選購，但我只要一想到那一撮不知哪來的毛，我就頭皮發麻。畢竟都拍賣網站買的，誰也不能保證對吧。結果你看，我就變成白虎囉。

我看著這張精緻的臉從口中吐出這些話語，同時抓著塑膠軟球在巧拼上滾動陪著女兒，真有種說不出來的違和。我蹲下，接過滾來的球，在他女兒眼前晃晃，又讓球反方向滾回偽娘君那邊。小女孩轉了個弧圈，發著baba聲，快速爬向她父親。在球的反覆滾動間，有股我從未感受過的欲望如霧般升起瀰漫，纏繞著我的心思，充滿所有的孔竅。我癡望著偽娘君酡紅的臉頰、晶瑩的雙眼以及略帶菱角狀的唇，想像那張嘴若是包覆著我的莖具吸吮會是什麼感覺。彷彿我是專程破門來欺侮這對孤兒寡母的癡漢。

他太太從浴室開門探頭，喊著我忘了拿浴巾啦。偽娘君說幫我看一下嘿，拿著疊好的浴巾到浴室。我看著他的背影，暗暗竊喜只有他會到我家進行另三天的換宿借閱。

字母會

逃逸線

胡淑雯

L

逃逸線

Ligne de Fuite

去年除夕，家家戶戶大掃除的日子，有人在路邊揀到一只行李箱。箱子有半個人高，重得拖不動，彷彿灌了水泥。路人就地打開，只見一塊大肉，四四方方的一塊人肉。報紙上說，箱子裡裝著一截女體：完整的軀幹，帶著乳房。死者身形壯碩，骨架粗大，身高至少一米七。

那是陰雨綿綿的一天。大過年的，女人孤身於箱型的死訊之中，沒有名字，沒有人出面認領。

消息見報當日，大年初一，我跟方碩整日混在一起。事實上，我跟方碩早在過年前就混在一起了。我跟他才剛認識兩個禮拜，怎樣也不算老朋友吧，甚至連熟人都算不上，卻已經分不開了。過年前，我們各自向辦公室請掉年假，年節期間又分別向家人請假，謊稱要留在臺北加班。原本陌生的兩個人，在假期中硬是再擠出假期，像是把身上的錢幣全數花光又再借了一筆似的，日以繼夜黏在一起，除非熱戀，實在找不到更適切的說法。

戀愛令人身心俱疲。兩個陌生人火速變成至親，化作兩張燃燒的床，不斷翻閱彼此的體膚，交換每一分體熱，無法停止說話，停止親吻，罷黜了日夜，無法入睡，不感到餓，也不感到冷，眼看就要燃成灰燼了，依舊沒完沒了發著高燒。於是闖進慘白的急診室，在薄得發脆的晨曦中，瞪著三天沒睡的鬼眼睛，像兩個急性期的精神病患，索求一劑安眠藥，或幾顆鎮定劑。「讓醫生把我們毒昏吧，」方碩說，「再不睡就要發瘋了。」

太累了，戀愛實在太累人了。我們回到住處，手握著手，吞下藥丸躺上床，強制關上眼睛，像一對殉情的呆子。我在十幾個小時之後的午夜一點醒過來，翻身下床，離開戀人體熱的芬芳，踩著冰冷的地板，走進客廳打開電腦與電視，追蹤「箱型女屍」的消息。

命案曝光至今，沒有人出面認屍。大過年的，沒有比這更孤寒的事，更孤寒的人了。大過年的，有家的人都回家去了，沒有家的也去找朋友了，沒朋友的跑去外國人酒吧賒借幸福，街頭遊民圍著大鍋喝熱湯，獨獨她無處可歸，甚至沒有一具完整的身體可回。沒頭沒臉、沒有四肢、沒有衣物、沒有遮覆。警方為了早日確定死者的身分，公布了她的身體特徵，說，「死者生前不久曾經隆乳，術後的發炎現象還沒消退。」

為此我感到非常悲傷。凶手剝去了她的衣物，警方又揭了她的皮，絲毫不顧及，她除了是一具女屍，還是一個有祕密的女人，而女人的祕密何其珍貴，怎麼可以這樣呢？就這樣揭了她的皮，公開朗讀她的病歷。

我無法解釋自己為何，對這具箱型女屍如此著迷。唯一可以確定的是，我總在幸福蔓生、石頭開花的時刻，想起她。在果肉般甜美多汁的日子裡，想起她——我不知道她現在叫什麼名字，我認識她的時候，她名叫小亞。我老是夢見她死於非命。夢中的人面貌模糊，有時還化身為一條黑狗，但我知道那都是她。

我是在酒店裡認識小亞的。才剛聊開，她就問我有沒有空，願不願意參加她父親的葬禮，隨手從桌檯底下撈出一份訃文，請我過目。這女的未免太奇怪了。我接過訃文，在昏暗的燈影下隨便翻翻，找藉口拒絕了她。當時，我很壞心眼地想，這是一種斂財的招式嗎？這無差別的白色轟炸。正好相反，她怕爸爸走得太冷清，打算付錢請人出席告別式，同時向家鄉的父老宣明，她在臺北可是有朋友的。

這家酒店有個隱晦的招牌，沉重的金屬大門，窩在林森北路的條通裡。

是我拜託好朋友小邱帶我來的。我想開開眼界。進了大門，每個人都得叫一個小姐，小亞很開心地坐我的檯，她知道這種客人喝得斯文，賺起來比較輕鬆，雖然小費不多，但指甲跟心態都修剪得平平整整，不會弄痛她。小亞的下巴偏長，難免長得有點歪斜，也傷了咬字。她的生意並不興隆，底價也偏低，很適合拿來填充我這種垃圾客人的垃圾時間。

話題又回到葬禮。小亞說，假如妳沒空參加葬禮，有沒有空讀一讀我爸的生平，就當是跟我結個緣分、交個朋友。她說，只要這世上多一個人認識我爸，他就會少寂寞一點，我就感覺自己有孝順到他。祭文是小亞寫的，她說，「整個家族就我一個還算懂得幾個字，這是我離開學校以後，第一次寫作文耶。」同桌的小姐補充，「小亞這篇作文寫了好幾天，請人打字以後，還把手稿燒給爸爸呢。」

小亞的父親是個製鞋工人，但是對小亞來說，他真正的身分是發明家。他發明了各種解決小問題的小東西，申請了二十幾個專利，卻沒有賣出去任何一件。倘若小亞的父親是個當代的日本人，也許會變成大富翁吧。小亞還說，她的母親住在療養院裡，自她上國中開始已經十幾年了。她母親的精神分裂是天生的，青春期就發作了，已經變成一種體質。難怪，我說，難怪妳也神經神經的。小亞咯咯笑著，彷彿以強烈的直覺認定了我，相信我不會被她嚇到。在絕對的陌生人之間，真話反而容易。我們之間的遭逢是僅此一次，不會重複，再無未來的。沒有了負擔，就不需要謊言。只有名字是假的。

我知道她以前的名字。她是我小時候的鄰居，六年級那一年，舉家破產遷回嘉義，為了改運，聽說全家都改了名字。我沒讓她發現我認出了她。任誰都不想在這種地方，巧遇幼時的玩伴。尤其，他已經從男孩變成一個女的。我見過別人欺負還是小男孩的他，很多次，在巷子的死弄裡，大孩子呼朋引伴脫掉他的褲子，檢查他的雞雞。身為一個袖手旁觀的，失職的玩伴，長大後的我只感到慚愧，羞於向她現身。他在十一歲那年抽高了身形，再也不哭，自許要變壯，變帥，變有錢，「讓他們追不上我。」但他的下巴還留在原地。下巴上那顆細小的痣，也在原地。一開始我沒認出她來，讀祭文的時候，對她父親的名字也沒有印象。誰會記得鄰居伯伯的姓名呢？那上頭列的是本名還是易名，我也搞不清楚。是在聊了半個多小時以後，一邊核對她童年的樣貌，我才有了「啊，是你」這樣的確信。我記得她的母親，一頭蓬亂的捲髮，嚴重的腎臟病，她是我童年所遇第一個洗腎的人，「洗腎」二字令我驚駭莫名。她的父親很嚴肅，經常在夏日傍晚時分，就著天光修理電器。回頭重溯記憶中的畫面，他也許是在拆解機械，為腦中的發明進行各種實驗。

小亞不打算做切除手術，只打算整形，白天在髮型沙龍當學徒。她的作息是這樣的：夜間一點四十到班，兩點開始坐檯，清晨四五點下班，回家睡到十點，去髮型沙龍當學徒，晚間九點下班後睡到一點，到酒廊上班。

「妳這樣睡得好少喔。」我說。

「所以我經常遲到啊。」她說。所幸，她的住處離酒店與髮廊都很近。

「髮廊也是附近一家酒店老闆開的，」她說，「主客都是上班小姐，洗髮吹整比較多，學不到什麼技術，有機會打算換一家做。」

這間酒店的時區分成兩段。上半段做到清晨兩點，之後才由所謂的「第三性公關」接手。通常，十二點到兩點的幽冥時段，兩邊的小姐是可以公開競爭的。但小亞個性比較文靜，又不善飲酒，只想老老實實守住兩點以後的陣地。父親的葬禮過後，她就要去整形了。整哪些地方？眼睛，鼻子，下巴，胸部還不一定，她說，「我要換一張臉，改名換姓，讓過去追不上我。」她說。

「連姓也要換嗎？」我問。

「嗯，換成我外婆的姓。」她說，「她是全世界對我最好的人。」

「是喔，」我說，「下次我再來，別讓我認出妳。」

小亞對小邱很有好感。因為小邱只顧著抽菸喝酒，不調情，不碰她，也不講色情笑話。小亞喜歡冷淡的男人，雖然她知道這冷淡代表什麼意思。但這種冷淡至少不傷人。那個晚上，我們玩得很盡興。酒店安排了餘興節目，逐桌跳舞，划拳，我還上臺唱了兩首歌。

幾個月以後，我買了一甕佛跳牆，在除夕前最後一個營業日，跑去找小亞。看門的先生說，沒有這個人，在我出示身分證以後，勉強讓我進了大門。接待我的經理說，小亞為了躲避一個瘋狂追求者，已經離職了。「我記得妳，那個晚上妳玩得很瘋，是妳朋友跟在妳屁股後面，一路給小費的，我們在這裡營業了好幾年，沒遇過像妳這樣的『菁仔欉』，所以印象特別深刻。」經理說。

「妳以後別再來了，否則惹上麻煩，我可不會救妳，」經理繼續說，「妳就來過那麼一次，之後那個禮拜，就有警察來抄，妳那個朋友也怪怪的，看起來像記者，搞不好妳也是，我不信任你們。」

「小亞真的不在這裡了嗎？」我說，「她是不是在躲我？」

經理搖搖頭，「她走了。那個酒客發狂砍了她，嚇都嚇死了，她不敢留下來，我們也不敢留下她。」

「傷得重嗎？」

「她用手臂去擋，還好啦，只傷到手臂，縫了幾針，沒有破相。」

「是在她整形前還是整形後發生的事？」

「小姐，妳問太多了吧。」經理說，「妳不是我們，不要來這裡問東問西的。」

後來呢？妳就再也沒見過她了嗎？方碩這樣問我。

沒有了。只除了那一次，在六本木的一間美術館。

我去東京度假，遇上連日暴雨，只好往室內躲，於是去看了一檔攝影展。

有一列名之為「開始」的個人肖像，展出的照片之中，出現了一張，彷彿我認得的臉。一張說不上漂亮，卻非常有魅力的，女人的臉。

原來你在這裡。原來。原來妳在這裡。在一幅黑白的相片之中，露出彩色的微笑，長出全新的皮膚、全新的頭髮、全新的五官，輕盈地懷抱著一對，全新的乳房。我一口咬定這個人就是小亞，顧不得身邊來來去去的觀眾，正大光明哭了起來。一個陌生女子輕輕滑過我身邊，似有若無地說，「這是個哭泣的好地方啊。」我狼狽地掩著臉，躲進展廳轉角，一個被布置成臥室的小廳，臥室裡擺著一只骨董木箱，蓋子上的銅鎖已經卸下，我伸手碰了碰，想看看箱子裡的世界，卻怎麼也揭不開、掀不動。我不敢強行打開箱子，害怕弄壞它，也害怕被它弄傷，轉身見到一張沙發，放掉全身的力氣躺下來，繼續哭，讓眼淚靜靜說出想說的話。

「再見的時候，別再讓我認出來。」這是我對小亞說過的話。

那張肖像底下，寫著這樣一段人物自述，翻譯成中文大約是：

我是半個MTF，male to female，半年前，我在一截地鐵車廂裡莫名其妙流下眼淚，當時我還沒動手術。坐在我隔壁的男人低著頭，對著我傳來一句，「我知道你在幹什麼……」這個有點年紀的男人，以粗獷的臺語繼續對我說，「不要怕，走下去，那些垃圾話不值你一滴眼淚……」

果然，這張照片是臺灣來的。

冷靜過後，我回到那張肖像面前，把眼睛貼在照片上，端詳人物身後的街景，發現拍攝的地點就在臺北。她與我生活在同一座城市裡面。這不是小亞，只是一個跟小亞很像的人。

「能不能答應我，下次再見的時候，不要認出我？」我跟小亞說好的。

「那……那個女人呢？」方碩問我。

「哪個女人？」

「行李箱裡那個，變成屍塊的女人……」

「喔，那個案子啊。後來，警方觀察到那隻行李箱是全新的，從來沒有用過的樣子，查了貨號，發現全臺灣賣這款箱子的，只有『大潤發』一家，馬上追查案發前的交易資料，還真的找到了結果：就在除夕前兩天，即將收店的午夜時段，臺中一家分店恰恰賣出一隻同款的箱子，賣場調出監視錄影，逮到了兇嫌的正面……」

我一再夢見——由於害怕而一再夢見——小亞終將成為一具遺體，彷彿這是與她重逢的唯一方式。但我知道那個人不是小亞，因為她發過誓的：我要改名換姓，移形換體，讓過去追不上我。就算站在原地，做著同樣的工作，她一樣可以就地出發，抵達遠方。

字母會

逃逸線

顏忠賢

L

逃逸線

Ligne de Fuite

在那個潮溼近乎令人潮解的始終起霧的旅館房間最末端的浴室深處……

始終貪婪於她的聖水的……他老想先分心用窩心的臉頰給她暖腳，再同時用舌頭偷偷舔她腳姆趾縫那弧深凹陷，在緩慢移動中舌尾潮溼的同時再回想起這個晚上他們始終在這一個沒有水的浴缸中很多弧度扭曲的缸身末端的時光荏苒……一開始那麼好奇的他打開那麼地緊張的她的雙腿之間，情緒激動的他偷偷地攀身侵入的臉頰貼近到了她的雙腿間的深處，非常下流地用他的鼻身隆起的部位去逼近她的下體……汩汩滲透出淫靡異常的潮解一如朝露或雪花或更濃烈的迷霧，他貪心地舔入她那一如不明液態晃動流瀉的聖水……氾濫的最深弧度肉身褶皺縮影最後的陰唇，但是那潮解到那麼色情的怪異場景卻始終非常疏離……或許充滿淫靡的暗黑氣氛卻使他分心地想起那沒有水的空浴缸太過空曠冰冷到其實非常像《普羅米修斯》般那種科幻片那部太空船裡高科技掃描檢查發現異形醫療機器裡頭怪異的夢幻感……

然而對他的始終分心而言……卻竟然反過來變成某種最原始最潮溼的叢林野獸咆哮彼此之間的張望，凝視深淵中的不安情緒失控而充滿期待已久的時光忐忑……

聖水，非常像是離奇發現了聖山祕境等候一生才能意外神蹟般地撞見……才能真正體會的聖水以某種夢幻神泉的滴落湧現所大量繁殖成的溼意，潮解成一陣一陣的騷亂，從長滿苔蘚荒川沿著斑駁陸離山壁體的浸泡而流動地流下……

聖水流瀉過之後一整晚激烈做愛的疲憊不堪的他們……最後就躺在那浴室密閉空間的浴缸裡一動也不動地……徬彿肉身也潮解了，而房間深處所有混亂聲音被幻化安放地一如一個被海水海風侵蝕成的風洞，他那呼吸呻吟喘息肢體摩挲甚至到她那最後汩汩流出的聖水都那麼令人沉浸……即使那一如不明液體噴灑落在瓷白浴缸內的輕響都被極度放大到彷彿讓整個幽暗房間連空氣中都溢滿著既色情卻又神祕的餘緒……充斥令人難以直視的淫靡及其療癒感的太過溫暖。

近乎昏迷狀態的太過亢奮的他跟她說：舔著她的淫水的他完全失控到……好像多日困難重重地困在迷路山中的滴水未進的可憐登山魯莽男人地伸出舌尖貪婪地饑渴地去舔著神啟般懸崖深谷狹隘山泉所意外滲下的那脈太過溫暖的……聖水。

始終無法變壞的他終於初體驗了他們好奇而沒人知曉的病態地耽溺……然而一夜聖水交歡之後的她卻那麼心事重重地提及一件自己更病態的往事，在聖水還不是聖水以前……她近乎低泣地說起：小時候的我有病，始終膽小而恐懼種種疾病異常的威脅……病態的更多種變形畸形症狀老讓她害怕，老意識到更內在沉浸於莫名的什麼使自己始終太害怕。

因為並沒生過病但她卻仍然彷彿生病地被折磨的小時候……永遠一如一種隱喻般的荒謬夜半隱疾……尿床，老家裡從小就有一種祕密的關於自己的羞愧永遠沉浸於黑暗之中的沉重玩笑：「妳有病？從小妳就想逃了……每晚妳一睡著就偷偷摸摸地開船逃了。」

她說她那不可思議又不可告人的夜半那種尿床，並非尿失禁，尿床在嬰兒時代一如他人都還算是正常的她後來卻持續太長的時光甚至持續到初潮來經，或許是到小學五六年級國一都還會尿床，那是令人髮指也令人費解的她的童年最羞愧尷尬的怪事。

她告訴他……小時候睡太沉總是在做夢時夢到內急到不行了坐到馬桶上終於可以解脫了的瞬間一股暖流在下身流動，然而剛剛還沉浸在解決尷尬的舒暢便迅速被現實拉回來，又尿床了……下意識用手摸摸下體一如過去沮喪也太習於就假裝沒事地挪挪身子換個沒被浸溼的床尾繼續睡過去，但是又不禁想剛剛夢中明明是坐在馬桶上的那感覺真實得不能再真實……想著想著就也又睡著了，還就這樣睡了十幾年……

她說，聖水在當年是惡水到只太像一場惡作劇的惡夢的玩笑……總是到了第二天早上被叫醒時不得不面對的尷尬，先是被母親罵……然而罵著罵著母親自己也覺得好笑，「怎麼這麼大了還尿床，妳怎麼睡覺的時候不會醒來嗎？」她就辯解：「我是坐在馬桶上尿尿，又不是故意尿床上的。」這種狡辯的老說法總能逗樂一家人一整天……

她跟他說：我真的很無奈。但是這只是個在家裡流傳但是外人不知道的祕密……母親老笑說是怕我被外人知道了就會嫁不出去。

但是那時侯我也不認為自己是病了，對於病的理解是打針吃藥會死人的才是病。然而她小時候還是會糾纏著媽媽帶她去看中醫給她找種種偏方但是還是沒用地一再循環，但是有一回最奇怪的老中醫在她耳葉末端貼上傷口膏藥，還竟然有一種小小黑黑點狀的鬼東西……她覺得好奇到忍不住去半摸半抓那些多長在耳畔後端的小小黑黑點狀的鬼東西，令她發癢但仍然還是不知道這跟尿床有什麼關係……只記得她問媽媽：別人問我這是什麼時我怎麼回答？母親安慰她……只要記得回答跟治尿床沒關係的病就好，因為對女孩而言這可必然是一種不能外傳的祕密。雖然沒有被鄰人親戚嘲笑過但是這個把柄就變成是哥哥威脅她的最後通牒殺手鐗，每次吵架到最後就會搬出這件事來羞辱她。即使後來隨著長大尿床的頻率慢慢減少，也不知道是來經之後不久的某一天停止，這件尷尬的事也隨著時間消失了，好像是一件被人人厭倦了的事終於無人再提及。然而對她而言仍然是那麼傷害……一如弱智或跛腳種種的殘缺是暴露在公眾之下陰影……在她童年的這一件夜尿的怪事一生都仍然害怕還會被當成笑柄到極力掩蓋自己的缺陷，不僅是她連家人都為了不讓她受傷害而掩飾……而產生了更深更莫名的尷尬。

那幾年不知為何的莫名緣故使她病好了……但是更奇怪的巧合是不再夜尿之後好像願意跟她說話的人就諷刺地變多了，但她也不在乎這其中可能對巧合的種種誤會……反而更像是小時候還會殷切地想跟尿意掙扎，多年以來灰心到永遠覺得不可能逃離，就算逃離了也甚至不可能當成沒發生過那種狀態的遺憾……

或許她自己內心明白也逃不了往後的日子，但到了有一天回家的路上可能遇到時卻覺得不在乎……這樣就可以了……，因為，她跟自己說，如果想逃離的話其實也就沒什麼好留戀的了，只要明白人的一生是永遠不會改變的，因為大多的一生也就都只會有待在同一個地方的牽掛，即使沒解決要留或不留其實都是一樣地留在原地……

長大的她看起來不再和過去同樣地沉浸，但她知道其實沒有。過度曲折的她仍然太容易心虛尷尬也仍然太不把別人放在眼裡的反動……那般忐忑不安的她最後更變得覺得所有心安的事物都不可能出現在自己身上，但是也更看不慣許多她的離開尿床才開始的青春這種時光理所當然的開心，只是一心想逃離童年浸泡於羞愧又不可告人的破爛不堪負荷感。

因而她長大卻同時開始沉溺於收集起更多破爛不堪的老東西，一如已逝的父親有雨漬霉斑的舊衣服，一如路上遇到慘死天牛蜘蛛甲蟲的屍骸，一如破舊的藤椅或殘缺海綿破洞露出的被遺棄沙發，一如自己從沒好好學過也不會想再去彈的破古箏稍微整頓調音過就安放在自己房間死角覺得有所改變，但其實也很顯而易見樂器的怪異殘缺形狀本身就已經決定了氛圍，其餘的好像和她無關，感覺所有藏匿於老東西內的妖魔都早在被召喚出來之前就已死或消失，她常常責怪自己的尿床好像也沒有逃離，畢竟問題總是來自更深更內在的沉溺感……

那彷彿是她自己一生的隱喻，在這樣明知未逃離卻也無所適從緊守住的掙扎……其實只是枯萎掉落到死去的姿態，而不是那個什麼可能發生現身到綻放的某剎那。

她跟他說：「你知道的……其實最離不開的人，反而不是最愚蠢或最聰明的那種而是像我們這樣既不落後卻又不趕上的這種人，你知道，最恐懼和最不恐懼的那一如尿床的童年或一如那些被收集的破東西……種種的最繁複與最簡單其實是一樣的逃離不了的狀態……」

一如之前那個從小戴到大但是長大之後就掉了不下五六次每次卻又都

被她撿回來的玉觀音項鍊，不再尿床之後時還又掉了一次但那次就沒有再繫回去了，那個別的廟的仙姑給的，說比較適合她的地藏王項鍊後來也沒戴著，到了他陪她去還願，她才想起來，當初每年都會去拜的那個觀音廟也在某次她只是很含糊地跟她過度擔心的母親說每次拜完都會覺得渾身疲憊不堪得老想睡之後，她家就再也沒去拜過也沒人提起或問過……

想找回自己但冥冥之中自己卻又好像知道，這或者只是自己的另一種逃離……只是一種暫時性的問題，一種原本可能是耗盡一生的焦慮……她跟他說，太過在意的她說不上不再尿床那幾年內所看著的自己人生開始變化的背後到底是什麼，只希望那些能因尿床失眠的夜裡所能談的那些神祕……不要太快又淪為那種被緊緊抓住的不存在的救贖……不知道什麼改變了，好像只是自己曾做了個掙扎困頓卻斑斕的夢，恍然地醒坐在黃昏色的前生老房間裡接續起父母或更早的先人們的老房間的種種，正在流轉著那些不確定是否發生過……一如尿床的往事也就姑且當成是沒忘乾淨的前一輩子。

有時回想起來尿床的童年潮溼的無限潮解感的那氣氛真的很奇怪，好像從來沒有一刻是如此地共有開闊而祥和雖然還是顯得她心裡對這些事其實還是心虛多半⋯⋯一如逃離地再遠一點的是她想起她們幾年沒去拜的廟，她說她還是想去媽媽也就讓她去了，其實那天去到那她確實是在頭痛，雖然她知道那絕對不是那回事但心裡也不知道到底在盤算什麼地一樣是走到廟的最底處從最裡面開始一層一層拜出來，拜完之後可以回到廟的中庭跪拜三次之後敲鐘，然後抽一個小籤⋯⋯她從來沒在拜拜的時候感到這麼地思緒混亂，甚至連跪拜的姿勢是什麼都忘記做不出來心虛地亂跪一通的她只記得最後一層走到廟的外面拜天的時候那個突然想哭的感覺⋯⋯最後抽的那怪籤文很像是悲劇的老戲牌子曲前頭最厲害的引子，但其隨後開啟的真正的逃離⋯⋯她，其實是從隻身落入這個沒有妖魔也沒有神怪的世界開始，徹底地失去童年的早年記憶之後再去找自己更前一世活過的被聖水或被惡水淹沒過的往事回憶中種種這一世永遠逃離不了的沉溺感……抽過的籤文就是「一念疏忽是錯起頭，一念決裂是錯到底」……

但是她卻說她對被當成聖水或當成惡水的尿卻還仍然永遠充滿怪異的羞愧感而且完全無法想像。太過荒謬絕倫到始終還沉溺於童年遺憾的她對他說……你太病態了，一如你對聖水憧憬必然是一種太過虛幻的病態。

然而好奇的他對她說他始終也半信半疑著古人對尿充滿了怪異的憧憬，一如五千年前的印度教的經典中老就以「聖水」的方式記載尿為「生命之水」，一如中國盛傳的祕辛中的童子尿可以治百病，一如有一種強調尿療法是以喝「回龍湯」能強身袪病延緩衰老的唐代名醫孫思邈早在《千金翼方》古代著作寫過「人尿乃傷科中之仙藥也」。而使他養生到竟然活了一百零二歲的長壽。一如甚至老祖宗留下的寶貴祕方一如朱熹家族祕傳的尿療口訣：「回龍湯，寅卯嘗；治血症，管拔傷；去隱疾，助成長。補氣血，滋陰陽；冬至服，立春放。戒葷腥，不可忘；除頭尾，要中央。目睹色，欲清澈；竹做引，達病盲。棗作輔，除口障；年年喝，益壽彊」……種種古代對聖水迷信的太過離奇。

還有種種現代中國人還迷信的離奇……有人最重視早晨起床後第一泡尿確實含有大量的「尿性睡眠物質」所稱之為ＳＰＶ；此外北京科學中醫和西醫聯手研究出尿中還含有上千種微量成分如胺基酸維生素礦物質酵素免疫物質和荷爾蒙，有些尿液的有機成分還可以回收利用製成藥品或針劑而運用在臨床治療上。他跟她說的種種現代對古代迷信為了治病與養生而喝自己的尿就是新派的古代尿療法……因為尿是由腎臟過濾後的乾淨活泉一如人體內的血清但是比血液還乾淨，所以喝了無害還可以養護自己的細胞與病作戰，因此才把所用的各種抗體成分亦是把含有抗體的尿液再度注入體內使微弱的細胞復活到增強自然治癒力及身體免疫系統因此可以治好各種病症。而最近最受重視的是提煉細胞分化劑ＣＤＡ，初步實驗認為應有「誘導惡性細胞走向良性分化」的作用到一如現代萬靈丹……到其實尿真的是聖水對萬病皆具療效的慢性病甚至包括癌症糖尿病心臟病高血壓肝病肺病尿毒症禿頭紅斑性狼瘡坐骨神經痛偏頭痛中風老年癡呆症。

但是其實或許他只是想辯護自己而把熱愛狂喝她的尿當聖水的性變態解釋成療癒古法的另一種古怪……

一如那個喝了她的聖水之夜……他所做的怪夢。夢中他和她私奔了的成天迷路找路在一個天極端暗黑而潮溼的夜晚，最後落腳在某一個完全不起眼的老客棧。她和他落腳在那老客棧時極端饑餓感彷彿早已過去，但是那個客棧的老廚，人生極端聰明夙慧過人的他，為了維繫他那個早已過去的時代的幻覺而那麼地體面講究，穿全身古裝，為他們點了兩種魚，炸的和蒸的什麼魚而在圓桌陪吃說話。

客棧旁邊是廢墟完全沒人，甚至路上也是全空的鬼神不明的時光，充滿了令人費解的什麼，空蕩蕩但是太過寂然無聲的現場，那個老廚還是令他和她有種莫名其妙的開心，他們彷彿認識太久了但是又好像不認識，那種忐忑不安，那種宴會裡的翩翩風采顯得太過詭異，在那種客棧死角發現……充滿了破爛不堪的圓木桌下蟑螂在地上翻吃餿掉的剩菜廚餘……然而大廚還是很高興，用濃稠的鄉音始終在解釋那料理那湯汁的講究種種……菜怎麼做怎麼點怎麼炸……魚要怎麼料理才好吃，火候時間感口感種種，他用那口音很世故地近乎賣弄地說……

有時候，很難搭腔還有幾道別的菜，他始終對她說話，她要一直接話但是卻老怕說錯話，有壓力地緊張兮兮困難重重，就提到童年太多她想逃離的事。洪水泛濫那故鄉的老時代麻煩，妄念般的過去，奢華的種種……

那老廚說起川菜中的另一種魚的辣，在油中一如清水般晶瑩剔透，水煮魚那麼嫩，名菜嫩肉入口還好像魚還活著……

甚至那活魚被他們吃到一半，竟然又開始動到掙扎想要游走，但是只剩一半魚身還賣力地搖晃魚尾，不知道牠已經死了，還正在被吃，吃到剩下魚骨子裡的某種炸粉炸油的氣味！

她好像有聽到牠在呼吸，沉重地嘆息，用腹語跟她說話，但是聽不清楚，彷彿是要報仇，用某種幻術，犧牲得不值得，他們根本不懂而亂炸亂吃，害牠白白犧牲了……尤其那老廚，完全不知道這其中的血淋淋的血肉模糊感，牠要去再投胎……出奇的光影婆娑魚鱗的閃閃發光，那活魚依然的半哽咽半說話而始終閃爍其詞。使得牠最後終究把魚卵下在聖河的聖水中的依舊翻騰……

字母會

陳雪

逃逸線

L

逃逸線

Ligne de Fuite

晚間十一點三十分，溫水服下一顆或半顆ATVIAN（安定文，抗焦慮劑），床邊小沙發燈下讀書，閱讀的過程身體可以感覺到藥物的作用，像丟一顆非常小的石子入池塘，幾乎不可辨聞的噗通如遙遠的心跳，可以辨識的是那從中心逐漸向外泛開的圈圈水紋。一圈圈鬆弛感，從心臟往四肢漸次散開。

直徑只有〇．三公分的藍色小藥丸，用兩邊大拇指夾緊掰開，感覺藥的質量密而脆，像腦中某處意念，只要正確施力，就可以輕易分半，這藥物是放鬆腦子用的，半小時時間到底可以作用到何種程度，妳並不清楚，尤其若只有半顆藥，效果更不明顯，幾乎只是安慰劑了，然而妳需要它，有些忙亂的日子裡，因著忙碌躁動的腦子一入夜仍騷動不安，妳甚至十點就提早服用，像飲下一帖安慰。一切都如常的夜晚，睡眠儀式準時進行，十二點服下第二劑，一顆或半顆利福全（肌肉鬆弛劑）、一顆美舒鬱（解鬱助眠），十二點十五，如指甲碎片的史蒂諾斯（助眠劑），一顆或半顆，所有劑量均依照當時需要而調配，所謂的需要意指：是否有睡意，當天是否有過度亢奮、憂鬱、煩躁或只是希望快點入睡，藥物都服用齊備，再等十五分，按下CD player播放一張名為「α波」的舒眠音樂，十年來整張專輯六首樂音都倒背如流，第一章節，水流聲如簷下雨滴，滴，滴，滴，有韻律地逐漸縮短間隔，如浪的鋼琴聲由遠至近，la so re mi，mi do re mi……，多年前看過一本教人如何自主催眠，幫助入睡的書籍介紹，可為自己建立一套睡眠儀式，其中就包含選擇一張適合睡前聽的音樂，無關藝術，不講美學，遇上誰就是誰，重要的是將之與睡眠連結，一聽到此音樂就想睡覺的暗示，就這麼多年來不分青紅皂白地聽著音樂，果然形成暗示，但也未有效到可以取代藥物。眼罩是最近戴上的，因為服用安眠藥失去的夢境，戴上眼罩進入更深深睡眠，召回了部分眠夢。

服藥三帖，看書至少二十頁，眼罩，CD，冬天還要加上可反覆微波的穀物暖暖包，棉被裡會瀰漫著孩童時鄉下曬穀場、或田間稻浪搖曳的氣味。

於是，肉體上的鬆弛，精神層面的放慢，潛意識的催眠，以及物理上關於一間合適於睡眠的寢室所應具備，都齊全，全都只為了睡眠，且是在短時間內入睡，妳嚴格執行此一睡前儀式，像一臺老舊的電腦，關機程序複雜，但總是得關機。

關機，是用藥的原因。必須強制關機，原因可能不只因為失眠，而是擔心無能成眠的夜晚，可能導致精神錯亂。

為何有如此擔憂，起因已不可考，十多年來這始終是妳最深沉的憂慮。

或許因為藥物放鬆，一直緊箍著自己的意志旋紐也鬆脫了，乍然心生一念（但這念頭毫不新鮮，已經不知多少次浮現腦際），想到如今的人生，焦慮症似已痊癒，慢性病自體免疫宿疾也有好轉，或許已經可以自行入睡，或者說，即使幾夜不好睡，對啊剛勤勤勉勉寫完一本長篇，隔日早晨亦毋須出門，沒有什麼必須讓自己上緊發條，一日不可懈怠地，照表操課，那麼，是不是可以開始「戒藥」了。

早知道最後那半顆史蒂諾斯就不該吃下去，只有前半段的藥物已可幫助放鬆，後面的睡眠就靠自己努力。

或許因為意志鬆脫，一旦興起「戒藥」的準備或思考，立刻連接早已被這套睡眠儀式規訓的「什麼」（壓抑？舊創？痼疾？），開啟完整覆蓋著自己心靈入口的保護機制，「戒藥」，像是一個指令，一旦下達，反作用力也自行啟動。

心中，或說腦中，或意識裡，或潛意識裡，難以準確形容，而那意念清晰地浮現，如從久旱的井中冒出一眼泉水，汩汩地，某些脆弱不堪的東西浮現出來了。

「安眠藥是人生唯一的獎賞」，「不能奪走它」，差不多要奪口而出的話語，像是有誰又在耳旁反覆與妳辯論用藥的問題，包括明顯可見的「記憶力減退」，或對作家而言是巨大傷害的「大腦損傷」，或僅只是簡單的「做夢的能力消失了」，或更宿命地直接宣布「反正吃藥就是不自然，不自然就不好」。這些那些，妳已反覆聽過想過、論證過，自己便突然萬般委屈地，幾乎要流淚般地，還沒開始戒除已經感受到失去地，護衛起用藥的「必要」。

而用藥的必要隨著即將失去的恐慌，將心靈的自我防衛開啟，那早以為清創完畢的內心，某些黑暗，傷痛，又隨著這份想要「斷根」的戒藥念頭浮起，「不，我還沒痊癒，我還有可能發瘋。」

這就是癮了吧，癮君子、酒鬼、嗑藥者，戒斷症候開始在未戒之前，用藥的理由、原因、必要，像衝破蛇龍拒馬的示威人潮，集聚在妳的意識裡，剛才因為用藥的鬆弛感全消失了，久違的「精神錯亂」前兆像閃電現身眼前。

年輕時妳相信自己總有一天會精神錯亂。儘管，連喝醉時，也沒發生過錯亂的現象，連在最混亂的夢境裡，思路也都還是清晰可辨，妳知悉妳的瘋狂藏匿得非常深，包裹得極為安全，使得妳甚至比常人正加理性些，然而正是這種理性，這種需要費力維持，且時時唯恐瀕臨崩潰的念頭，使妳更加強力控制自己，彷彿知道自己體內（或腦中，或該說靈魂裡）封印著一頭瘋狂的尾獸，妳總是在寫作的時刻，多多少少的，顫巍巍操作著絲線那樣，一點一點使用它的力量，讓它附著於妳身，在限定時間裡，體會、感受或幾乎就是直接展演瘋狂、錯亂，進入深之又深的黑暗，唯有在寫作時間，進入小說的魂命時，妳才會碰觸那頭獸，然而妳總是隱隱地不安，這種等量、安全的微量釋放方式，會在某一天失控，然而到底會以什麼方式，因著何種原因、在哪樣的情況底下，尾獸會自體內竄出、翻轉、占據妳，或者與妳合一，妳並不知情，可以想像的，大概就是所謂的「精神錯亂」。

因為寫作而窩養一頭尾獸，或者因為體內有尾獸使妳可以寫作，又或者在最初，尾獸與寫作即是彼此餵養、互相依存的，在妳生命最早期，那幾乎不可能順利度過的童年時期，身旁的孩子們有玩具與同伴，妳有的只有這頭尾獸。

妳是資深失眠者，幾乎是學生時代以來的毛病了，年少時不以為意，樂得深夜讀書自覺比旁人更多時間，妳初識寫作滋味，即同步品嘗了尾獸的能力，那經驗彷彿起乩，二十歲的妳，原本只是個臉色黯淡、性格乖僻的女孩，卻在一夜之間懂得了專心致志、屏氣凝神、等待尾獸攀附在籠子邊，輕巧打開封印的符咒，妳探頭而入與之依偎，感受彷彿被千百隻觸手吸附，全身為之震顫，靈感噴湧而出，渾身充滿不可思議的力量，那樣的寫作經驗。

那時不怕失眠，妳甚至用力抓掘那些午夜之後才會在更深人靜的時分出現的奇想，探向腦中各種狂亂的意象，歡快體會著那種「突然變身」所謂著魔或附身的寫作經驗。

二十六歲時遭遇的戀人Ｂ，讓妳知道自己瘋得不夠厲害，正如妳悲慘的童年等級也僅及她的膝蓋，父母雙亡，姊姊自殺，哥哥因酗酒車禍喪命，親族裡多有酒癮纏身而早夭者，與僅有的小弟在育幼院長大，卻遭遇院長的虐待，成年後初戀男友車禍身死，初戀女友罹癌去命，還有什麼人間慘事沒遇上，「我愛上的，與愛上我的人都死了。」她美麗的眼睛有悲哀的淚水，瘋狂隨身攜帶。

青年時代妳的戀愛，每個人都是酒鬼，都相當悲傷，而妳沒見過B那麼美麗而瘋狂的酒鬼，她愈醉愈美，俊美之中因著悲哀與狂放而生的性感，或者說，終於有人能抒情地、感性地、使用與妳相同的語言描述悲哀與瘋狂，帶妳越過了妳始終無法跨越的「瘋狂之境」。

一九九八年冬天，她揮刀自殘，深淺十三道刀傷，留下無法抹滅的傷痕，雖然保命，卻住進了精神科病房，妳沒能去看她，無論現實上的能力或精神上的力量都沒有，她從醫院打電話給妳，責難著妳的無情與無用，妳掛上電話，感覺腦中有什麼繃斷了，妳幾天幾夜無法入睡，不能工作，淚流不止，眼前盡是荒原。「妳這是憂鬱症了，得看精神科。」朋友這麼說，給了妳精神療養院地址。

自從服下第一顆精神科用藥，一腳跨進一九九九年療養院時代的黃色ATVIAN，當時還是黃色小圓球，有著健素糖的色澤，比現在的大了兩倍，大鬍子矮個子的醫生熟讀文學作品，當時看診還在老院區的醫院，建築樸實，院廊幽靜，磨石子地板涼冷，天花板掛燈暈黃，木製的掛號站彷彿小學教室的診療間，都給人神祕卻不可怕的印象，即使初次到診時，曾在掛號櫃檯被一長髮年輕男子抓住手，男子大喊：「我是耶穌基督，妳知道嗎？我就是耶穌基督！」語氣激動認真，消瘦臉龐、滿臉鬍渣、長亂髮，真有幾分十字架上神子受難姿態。

最初的精神科受診經驗頗不一般，問診的是愛好文學的院長，他甚至早在妳就診前就已經看過妳的兩本小說，第一次問診就推翻「憂鬱症」的診斷，此後十多年妳從沒用過憂鬱症藥物，處理的一直是焦慮與失眠，開始定期心理分析談話治療。那段時光，妳工作停擺，合理罷工，一直困住妳的工作，妳倒下，公司只好請了外務，每週三下午，妳搭車到達臺中市區幽靜帶著隱居氣息的療養院，進行下午一小時會談，持續八個月，院長說：「妳可以靠著寫作幫助自己。」療程結束。

那時妳已停藥，以為這是用藥結束了。

之後幾年，妳一直在用藥、戒藥、換藥的過程。二〇〇八年健康崩潰，妳終於接受了「現在的失眠是身體不適造成，失眠必須治療，否則影響骨骼與血液、肌肉生成，病情加重」的診斷，正式長期地服用安眠藥與鎮定劑，將之視為與其他四項慢性病處方籤同等級的「治療用藥物」。

如此定心，吃藥不再是必須遮遮掩掩的「瑕疵」、「怪癖」、「軟弱」的同義詞，妳得到了用藥的合理性，即使，直到如今朋友知道妳在吃藥，也都還要勸勸妳「那個對身體不好」，但妳不再焦慮於自己的「不夠堅強不足以停藥」，深知一具已經夠壞的身體，某些對一般人有副作用的藥，卻能解救妳於無眠驚恐的夜晚，妳安下心，仰頭就著開水服藥。

之後就是如何運用藥物（免疫風溼科，精神科），將岌岌可危的身體，經過嚴格掌控、精密計算，適度調整飲食、作息、運動、情緒，每一項，有了定時可以關機入睡的配合，妳開始了長達數年，穩定如公務員的寫作生活。

好日子，壞日子，身體好，身體壞，到了夜裡，無論發生什麼，妳握著保溫瓶進房間，服下第一顆藥，一寸一寸鬆開自己精神上的城壘，工程開始了。

最遲十二點半入睡，早上九點半起床，因為溼冷或乾冷造成身體的不適會使妳夜裡醒來，妳看一會書，吃藥再睡。

在那等待藥效發作的半小時裡，妳縮窩在沙發上，枕邊情人已入睡，萬籟靜寂，窗外有淅瀝雨聲，清晨五點半，這時間醒來真不好，再吃藥第二天頭就會像輕微宿醉那樣沉重，但妳得吃，第二天還有長篇得寫。

出書後休息一年，就要再寫兩整年。休息的那年，得寫長篇以外的文章，得提早準備下一本長篇的題材，這種規律是連小說完成也必須達到的，更何況現在正困在長篇最緊要的中途，氣一弱，就散了。

漫長時間過去，妳已經自己精鍊成一具寫作的機器，然而這樣的五點半，妳想起的不是戒藥與否，而是藥與妳生命的關聯，「必賴克廔」抑制免疫系統，「沐舒痰」幫助增加唾液，這種健保給付藥物效能不彰，還要加上自費一顆二十五元每日兩顆的「愛我津」，生津解渴，患有風溼乾燥症的妳，人體最簡單的口津唾沫腸黏液等等液體竟是妳現在百病叢生的源頭，妳需要唾液，需要各種液體潤澤妳的喉嚨、眼睛、腸子、胃部，甚至最難以啟齒的陰部，是啊，生殖器官、泌尿系統，都因乾燥出問題了，所以妳夜裡醒來，膀胱脹痛，「不要憋尿超過四小時，」醫生囑咐，所以妳半夜醒來上廁所。

這一部白日裡運作良好的寫作機器，連情緒、脾氣都十分穩定，進入西醫系統就是這樣服不完的藥物，但妳不悲嘆，只要妳白天還可以穩定地寫，妳就有能力逃脫這具千瘡百孔的肉身，只要還可以給妳藥物，妳就有能力吹口氣使得機器人活起來，妳是最務實的、最合作的病人，妳知道妳所往何處。

然而這樣的夜晚，妳等待著因藥物啟動卻遲遲未作用的睡眠，妳醒著，想起戒藥與用藥的問題，看見床頭櫃上一大包一大包慢性藥物，看見自己繁複的睡眠儀式，精刻算計的用藥法則，心中明白自己無比孤獨，這是誰也無法分攤，不能進入的世界，天光亮起，最早的晨鳥開始啁啾，妳感覺有點睏倦（是否這才是妳真正的睡意？），睡前因戒藥念頭而起的「精神錯亂」恐懼退遠成惡夢的一種，妳知道，無論是醒是睡，這一具身體需要多少瑣碎的功能，需進行多麼繁複的系統作用，才得以使一個人吃喝拉撒、吸收營養、製造能量進而有能力運行工作、勞動、思考、愛，真正活著。精神錯亂僅僅是妳年輕時構想的一種恐懼，而之後的漫長人生妳所面對的是老化、衰退、失能甚至失智，任何一種老死的結局，但妳現在還能寫，還可以在藥物的幫助下，脫離病苦之身的束縛，拋去沒必要的糾結，排除軟弱陷溺，沒有夢就沒有夢吧，妳的生活已經是一場夢了，而創作才是最狂野、最不可能的幻境，妳躺上床，感受身體交付給藥物，交給命運，妳全不不抵抗，不掙扎，妳知道妳欲何去，做為寫作者的妳被控制、局限、禁止的，絕不瀕臨瘋狂、失常，而是轉移到寫作時刻裡，以極度的理智，盡可能將人類所有智力可及、幻想可及的，瘋狂、痛苦、悲傷、扭曲、幻影都在小說裡無限制揮灑，妳奔馳到最遠最高最深的無人狀態，再一步就會掉下漩渦。但妳知道，最後還有藥物的世界會收留妳，穩定妳，不會讓妳走入精神失常的狀態，妳總還會擁有一夜無夢好眠，即使是藥物所致，也是妳的休憩之所。

藥是獎賞。

字母會

駱以軍

逃逸線

L

逃逸線

Ligne de Fuite

他們這個聚會源自於一位同輩作家的自殺。那是一個蠻糟的葬禮。殯儀館不是臺北的一殯和二殯（雖然那也沒有比較好），而是在板橋的一間好像之前都沒人去過的（所以那天上午，似乎所有人都在傳簡訊問確定地址，大約在哪一帶？或是問有沒有人要開車去可否搭便車，或一道搭計程車過去？）。他的印象是，一種廉價草率、水泥金爐塔或枯黃松樹林旁的仙鶴、仙翁、小橋流水造景，全都油漆斑駁，覆著一種像年代久遠以來流浪漢們嘔吐物乾了又蓋上新嘔吐物，刷洗不掉的髒汙。空氣中瀰漫著那種焚化爐的骨灰，像乾燥劑小紙包撕破，將所有水分吸乾的最細最細的粉塵，鑽進你的喉頭、鼻腔、連眼球表面那層薄液都吸乾的侵入感。更別講那一棟棟碧綠瓦頂、布置成中國古代道觀的粗製濫造水泥建築；和彷彿這整個死亡渡口都被咒術籠罩，所以叮叮叮道士搖鈴誦超渡經文的歌聲，都像隔了一層厚玻璃，嗡嗡模糊的，夢境的畫外音。

一些同輩的女作家哭得臉上的妝都花了。有一兩個女作家和他擁抱，且擁抱的時間比一般習慣的長些，那像是她們是未亡人，而他是死者的兄弟，那時刻像她們把頭埋在他懷裡，好像此刻只有他的心跳或胸膛的溫度，可以驅趕掉那讓她們哀慟和恐怖的，自殺這件事的冰冷死蔭。但事實不是這樣的。他和她們不熟；和死者也說不上特別熟；印象中那死去的老兄和這幾位女作家也並不熟啊。

關於那場葬禮，很多年後，他還有一個印象是：他和幾位前輩在一旁一個小松樹林草地抽菸。他注意到所有人都穿著黑色西裝，只有他自己不合宜地穿了一件胸前繪了一好大米老鼠頭的運動T，那米老鼠咧著大嘴笑著，它的臉是白色的，胖大吊帶褲是紅色的，大腳的鞋是鮮黃色的，周圍還用金黃線繡了一些像迪士尼卡通那種天上的煙火，加上一些撩亂彩色的英文字。他覺得自己像胸前貼著一幅閃爍的霓虹燈箱，跑來參加這葬禮。

在那腳下草株盡枯黃捲起，彷彿光度被人調暗了一兩格刻度的細細松樹幹下，大部分的人會圍著一位老作家。雖然大家都叼根菸，時不時噴雲吐霧，臉上帶著茫然的哀戚。或是不同出版社、不同掛、平日沒有往來的同行，點頭招呼，像是鸛鳥踟躕自個兒在這抽菸。但某種物理學的彈珠自由灑開，流體的旋轉、動靜，老作家身邊總來來去去但始終圍著一小圈人。

老作家是個溫暖愛說笑話的人。在這之前，約兩年前吧，他的孩子（也是這代拔尖的小說家）也自殺離世。這次的死者和他孩子生前就是好友。抽離了他們各自的小說，這樣連續性很容易造成文學圈子的驚慌。那竟像傳染病一樣？或至少是可以做為他們這一代創作家心靈結構出現怎樣的裂縫，做為病徵來探勘？眾人本能地湊近老作家，叼菸用一隻手擋風點火，裝出像監獄放封囚犯那樣對生命無奈卑微的苦笑，其實也想含蓄說兩句安慰話，也想聽聽老人怎麼說。

他聽見一個木訥的同輩對老作家說：「這樣他們兩個，在天堂就不寂寞了，可以一起ＰＫ寫小說。」

老作家眼裡含著泡淚，但嘴角還是帶著頑童的笑意。那像是一個曠日費時的，永遠沒有終止時限的捉迷藏遊戲，老作家手中被塞了那要遮住雙眼的黑手帕，他必須當鬼默默數一到一百，所以他必須說兩句安慰人心，或調笑這生命的荒謬殘暴的話，像看不見的儀式，將那咒語解開。

老作家說：「有次〇〇（那個死者）到我們家，說：『現在我比較理解〇〇（老作家的兒子）到底在想什麼了。』」

他心想：啊？什麼意思？似乎從火葬場那令人沮喪的粉塵漫揚中，那冒著黑煙團滾著忽大忽小的火焰的那裡面，出現了一只金屬保險箱，裡頭鎖了一個祕密。一個前後任自殺者心靈相通，像閃跳的日光燈管終於修好，但不幸又將線路燒壞，那短暫一段將整個房間照明得如此徹亮清楚的時光。

他發覺所有人都帶著笑意看著他，但眼神都藏躲進那模糊笑意後面。

那之後，他們定期每個月會在一間叫「妓院」的酒館聚會一次。那個酒館用紗帳或垂簾將一小區一小區的沙發座隔開，每張被沙發圍住的長條矮几上都點著兩三杯胖蠟燭。那使得這個牆壁以朱紅漆為底色的空間，從入口推門處望進去，像史前蜻蜓那樣的薄翼棲垂，層層遮蔽、若隱若現著四處燐火般的小光球。他們像在鴉片館一樣，舒服地歪躺在各自的沙發，將面前的菸灰缸堆得菸蒂像小山那麼高。或者他們像高海拔氧氣稀薄的喇嘛寺裡的藏僧，身體曲折成硬面的某樣昆蟲的外骨骼，身旁點著冒出一縷縷黑煙，腥臭的酥油燈，他們身旁某一尊銅菩薩像，放在肚臍和性器前幾公分的那雙手打著手印，而肩膊後像孔雀翼屏炸開的無數雙手，每隻手中拿著奇形怪狀的法器，感覺這個菩薩是一部濃縮成只有一個畫面的紀錄片：千年前曾有這樣一群，像香港古惑仔電影裡那樣上千人的集體械鬥，他們或在廟前廣場或曲折窄巷裡，有人拿著鈍劍、有人拿著砍刀，有人拿著鐵鎚，有人拿著搗青稞粉的石杵……，在那樣的近距亂杖搏鬥中，他們砸爛對方兄弟的腦袋，戳穿他們的腹腰，或砍下他們的手掌，把他們的眼睛鼻子嘴巴的部分，亂鑿成黑呼呼的窟窿……然最後無數飛格或連續的動作，無數挨湊在一起嘶吼或嘆息的身體，成了這樣一尊靜止的收攝。無數的表情也疊印再疊印，成了菩薩柔和神祕，沒有表情的臉。

他們也是這樣暗示著他們的聚會。好像某種震懾的虛妄發明。在某一片帝王陵前巨大的石雕鎮墓獸。張大的嘴，唇髭處上挺至鼻頭全是像電腦積體電路板那樣的饕餮迴紋。渺小的農奴嗡嗡轟轟跟著若有上千百個同樣顫慄畏懼的胸腔共鳴，那經咒聲盪進那石獸的嘴。或能從它咽喉、食道、胃膽、腸道，下降至最陰森的冥府。威嚇或祈求那死去的，不知變貌成怎樣死蔭之境（深海冰冷之夢、眼皮都被割去所以永遠睜著空洞之眼的亡魂……）。

他們這裡頭，斐文是個大美人。就像每一代的文學人，在他們老去後，懷念感傷或故意將他們那時代的沙龍聚會傳奇化，那些來來去去的怪咖、詩人、劇場演員、同性戀，之中總會有一個美到可能讓那終會酸腐黯淡的年代，冰封凍結在很多年前的那一刻。不同年代總有不同的美人兒。他記憶裡斐文有時是一頭金髮，但或因那時已開始流行女孩們把頭髮染成各種跑車鈑金的顏色，滿街跑大家也見怪不怪了。斐文身材高瘦，事實上就是動漫迷所謂的九頭身美女，臉蛋有點當時在韓片《我的野蠻女友》裡全智賢的味道，但她的眼睛比全智賢美，全智賢是單眼皮，斐文是雙眼皮水翦瞳。他們進入的那個年代，好像那些美國流行過來的搖滾魂，都有點大叔大嬸味。日本偶像劇日本少女團日本藝術家村上隆荒木經惟蜷川實花椎名林檎，一種金屬節肢蟲的觸鬚，在迷幻音樂的更精緻、冷光的寂靜異次元，細細地鑽進那些洛可可風蘿莉塔少女的蕾絲裙胯下。像他們這樣的文學聚會，很大的時間已不是叼著菸一臉夢幻談著法國新浪潮電影楚浮高達雷奈柏格曼小津塔可夫斯基；而是交換著《火影忍者》、《JoJo冒險野郎》、《傀儡馬戲團》、《烙印勇士》，或古谷實的變態風漫畫。科幻風、重金屬風，末日廢墟之城，漫天飛蟲或核汙染後黯藍沼澤、病菌無所不在的意象。斐文是這樣「二十世紀的列車終於要撞上那堵另一端是完全新人類的世紀末之牆，潰縮擠壓進每節仍在高速幻覺的車廂自己裡面」，那個臺北真正第一代城市消費世代，夾在戰後世代那從物質匱乏年代拼裝湊出「外國感」，和之後二十一世紀幾波全球或亞洲金融風暴、中國崛起、智慧型手機迅猛終於進入一「新貧青年世代」，那之間的一段水草豐美，像宮崎駿卡通一樣柔光盈滿的時代女兒。整座城市像不斷擴張，櫛次鱗比的老區某一處髒汙之處似乎是夢的入口（因為當時各支線的地鐵還沒開通。這城市有許多陌生之境還是在他們無法串接的「盲區」，像塔可夫斯基電影裡那迷霧籠罩的山坡或河灘）。那時他們當然還沒看見盧貝松的《露西》（當然這地球上所有人類腦額葉裡，都還沒有《變形金剛》、《阿凡達》、《全面啟動》、《X戰警》這些「咱們地球就是一輪一輪大型科幻片的片場」的鐘乳岩穴般纍纍垂掛記憶），但那時已有了《第五元素》。他後來回想：斐文或就是被一種撬開的想像力狂妄——包括她自己，或所有其他人——想像成那個染色體基因段比正常人類繁複的，可以不斷灌軟體進去的龐大記憶體。所以她那美麗的臉龐，似乎總在薄光不同角度切換中變化著，甚至性格也撲朔迷離。他們其他人在電視廣告、時尚雜誌封面、狗仔雜誌的名媛跑趴花絮，或當時剛流行起來的個人部落格，或新聞上她成為某報業集團（後來倒了)的媒體總監……像網路變形蟲程式一層層薄膜疊加再疊加成那個她。

他有沒有性幻想過她?但他肯定整個文學圈子的男人，沒有人不曾起心動念「能上一次這美人，一次就好」。包括那位自殺死去的小說家哥們，他相信他也這麼幻想過。但事實上，斐文——如果你是她身邊熟識的哥們——有種表達能力的障礙。或許是太快速的灌入或抽換那些遙遠國外剛研發出來的時尚、流行、未來、新材料或設計草圖還不穩定的藝術創意，形成一種輪廓在大型處理器裡的，隨時會解離的印象。她講起自己的時候，總乾乾的，不帶電，讓人記憶不深刻。也或許是她從未真正對他們這幾個哥們，信任，敞開。

他們的聚會，如果有一天做一個總結，那一個個像黑暗無邊宇宙裡做時空跳躍的渺小太空船，那打水漂似的不同夜晚的談話內容，整合並記錄，或許是一個在這樣燠熱潮溼的第三世界島國城市，像他們這樣年紀(三十五到四十歲)的男女，已絕望苦悶自己終是在——「無論發生什麼，就跟沒發生過一樣」的國度，蓋一座對未來的人來說，還是那麼老派、因為最新訊息的傳遞總有漏失不全，而缺鼻少耳、融塌、開模的機組太粗糙，但又盈滿一種朝上飛升的光的，「未來博物館」。那裡頭不同展列廳、走廊的櫥窗、比較灰暗且隱藏的某些小間，或甚至地下像蟻穴的庫房和檔案室……，包括他們對性的冒險；對國外最領先流行的藝術；對一個現代人怎樣分崩離析地肢解自己；當然還有一部一部他們裡頭不同人提出「最近還不錯的一部電影」；最初那幾年他們像討論自己國中資優班那些高智商但神經病同學那樣熱情討論《火影忍者》裡，宇智波斑和大蛇丸太濫用「穢土轉生」，把所有死去的古代的第一代第二代第三代第四代火影風影全召喚回來，變成整個曠野全是像貓王、披頭四、巴布·狄倫、傑克遜和沒死的瑪丹娜、卡卡，弄一個露天大亂鬥；或用達文西的飛行器草圖來解剖宇智波佐助變貌進化那個不像鳥又不像蝙蝠的醜形態；後來他們會聊韓國的電影工業，像吸毒者的囈語將《老男孩》或李英愛那變態復仇女神私刑的情節，重述給其他人聽；有一段時間他們非常著迷《Doctor House》那個高個壞脾氣老男人；有一次斐文帶了一本商品型錄，那是一本德文版的情趣用品百科，雪銅印刷照片是各種玻璃材質、像深海螢光烏賊那樣冰冷、科幻、炫彩的假陰莖，當時還讓端調酒來的女孩驚嚇臉紅……

但其實那像演唱會上萬隻波浪上粼粼微光細菌的廉價螢光棒，那被他們意淫、幻想、虛張聲勢討論的「德國藝術家設計的玻璃陰莖」，或就是他們這「一千零一夜」、分裂、如海葵般搖擺，一個比他們未來的身體。那也許只是脫離身體的一個孤獨的器官，像失去地球的漂流太空船。但它的線路、封閉在一小空間裡的回饋式維生系統（對地球生態的仿擬）、它的電腦中存檔的過去的「歷史」……，全是那個將它發射、拋擲出去，那個演化時鐘太慢讓人絕望不耐的地球的隱喻。

那些玻璃屌象徵著他們的「未來之尤利西斯」，透過討論那些玻璃屌，那縮塌在這酒吧沙發的他們的身體，包裹著牛仔褲、T恤，即使肺葉像風琴音箱吞雲吐霧，喉頭喝下那些有著世界末日或星際大戰印象的刺辣調酒，那身體還是被這厭乏、發展到這景況便停滯了，巷弄的下水道孔蓋上覆滿檳榔汁，或萬一他們失神脆弱時說起各自身世，那些故事中的父母家人形象如此老舊土氣……這困縛在第三世界小城市裡的身體，應該在一種多維度宇宙裡，液態解離、無重力飄浮、像拆開的魔術方塊，在更龐大數據的知覺體系中旋轉、重組、切割、「感覺的孤立」……

他們並沒有發生，這個聚會裡的誰和誰，曾有一夜情或約炮的情事。這是重點。那是外於他們各自蜷縮的卵囊之外的。他們的手指從未參與到那個界面。（也就是他們從不曾用各自的手指撫摸探索對方的臉、脖、耳垂、皮膚、頭髮、腰際、大腿、陰道或陰莖、腳趾或足脛）。比較像是一種喉部薄膜的聲音共振，連結著大腦在無數次眨眼的切幕間的巨量運算。

有一個晚上，他喝多了，心想法克我怎麼完全聽不懂你們在說什麼？他起身去廁所尿尿，尿了非常久。可能他那樣站在尿斗前敞著雞雞睡著了。

然後他打個冷顫醒來，走了出去，發現他們都不見了。紗幕垂掛的原本那沙發區，連桌面都收得乾乾淨淨。不會吧？不會連他不在了他們都沒意識到就這樣買單離開了吧？感覺其他紗帳沙發區的客人也都走光了，空蕩蕩有些椅子還翻到桌面上。也沒看到那些年輕漂亮的服務生男孩女孩。像是打烊了。他走出「妓院」之外，天雖仍黑，但可聽到峽谷般的巷弄舊公寓那邊有一種像老瞎子的大鳥，發出「耶！耶！耶！」的響亮尖叫。應是天快亮了。他覺得那空氣好像骨頭深處都凍得冰裂。這時，有三個，或許是四個吧戴全罩式安全帽的傢伙，從黑捂捂的防火巷裡衝出，「就是伊！就是伊！」拿著鐵管或螺賴把之類的傢伙，圍著，往他頭上臉上一陣亂打。他感覺他的手指在要舉到臉前遮擋之前，就像那些簷下的冰錐被鐵條打掉了。「有話好說……弄錯人了……我不認識……」但最後剩下的感覺，是他蜷縮地上，他們用穿著登山靴的腳踢他的太陽穴和腎臟……然後呢？在那像廢棄太空船漂流在無垠的黯黑，各種形狀的疼痛比那些消失的器官更像他的器官：根鬚狀閃電的疼痛、蕈菇朵朵竄冒成叢的疼痛、偌大羚羊角被鋸下的疼痛、像一座磨盤被慢慢轉動的疼痛……他聽到點菸那打火石喀喳一聲輕脆，還有口腔肌肉吸吮的聲音，他們好像在很遙遠處說著話，怎麼還有翻紙張的聲音？斐文的聲音、另外那兩個同伴的聲音……

這個人快死了，不，已經死了。

他穿越了一個彷彿古代之夢的庭園、水池、穿廊、樓臺，經過一些古代裝束的男人女人，他們或圍坐在涼亭裡的圓石桌品茗吃一糕點果脯那樣小碟小碟的零食，或像戲曲裡的仕女遠遠拿著小圓扇在花叢中追蝴蝶。他想：我這是在穿過陰陽之界吧？這一切像是電影的壓縮檔。

有一個麗人坐在桌几那兒，低頭讀著一本書，一旁有只像縮小神廟基座的方形銅菸灰缸，他在這間咖啡屋用過這菸灰缸，看起來不起眼，拿起時出乎意外地沉，像有人在那小小物件的密度動過手腳。

他在她一旁桌位坐下沒多久，女孩便起身離開。於是這似乎還旋轉飄落著紫藤花架的花園，只剩下他一個人。

他注意到那攤放的書封書背，女孩在讀的書名：《我是馬拉拉》。

他有點掃興。

一會兒有個瘦削的年輕人推門出來，逐趕著一隻貓。他喊著：「虎面！虎面！」應是這家店養的貓。這時他發現這花園的邊沿外，停放著一輛輛機車，那貓便在這些機車的車輪、排氣管、像金屬人腦褶皺的引擎間竄鑽。銀白的光流竄著。穿過那黑漆生鐵扭花柵欄，他看著那貓嘴裡叼著一隻小鳥。小鳥啁啾哀鳴。從某個空間切面，那貓和他直面對視，兩眼灼灼如綠寶石，中間細瞇成一條線的眼瞳像可以把他所在的這個空間收殺而去。

是一隻豐美如雪豹那樣的白虎斑貓。

這激起了他的獵魂。他起身，介入了，和那年輕人一個堵住去路，一個包抄逼近。貓終於鬆口扔了那鳥，一個翻身，上牆跑走了。

是一隻鴿子。身軀比一般所見的鴿子要小許多。但也不能說是幼鴿。

應算是青少年鴿吧。

他發現那年輕人瘦削到胸膛單薄如小孩，但穿著重金屬風的緊身的T，應是gay吧？惶急的瞳孔。他想：這是個好孩子。他們又一次聯手圍捕那已不能飛，驚恐在摩托車偎靠的奇異空隙間哀鳴跳逃的鴿子。

最後是他撈住了牠。羽翅掀撲著，胸腹長長的血肉傷口。他幾乎感到手中那小生命的顫跳。那年輕人奔出奔進，終於找到一只紙箱，將鴿子關住。

「該給牠擦優碘吧？」他說。

之前那麗人施施然出來，坐那抽著菸。這時他領會她是這個空間的女主人。

「虎面就是這樣……已經殺死六、七隻小鳥了。有一次還叼回來一隻像公雞那麼大的，羽毛超鮮豔，全身寶藍色也不知是什麼鳥？也被牠咬死了……」

紙箱仍發出撲騰的聲響。

他想：該給他擦個碘酒，至少殺菌吧？或該弄盆水吧？

但馬拉拉麗人兒仍在說著：「有一次還叼了三隻剛出生的小鼠，那個眼睛驚恐得要命，怪可憐的。我妹還說，這老鼠吔，就把牠們放馬桶沖了吧。但我就是被牠們看了，那個眼神像人類小孩一樣，好像求饒、像乞求施捨，我哪忍心啊，就把牠們放進水溝洞裡放生了。」

他心裡想著：殘忍但甜美如晨露玫瑰。很想把這感悟記在小紙條上。似乎如果從最開始就這麼做，某一只貯藏室裡的紙箱，便已收納著上萬坨這樣靈光一閃，但沒有延伸價值的人世瞬刻經驗。

他記得那位同儕小說家自死之前的一週左右，他們曾在一個連鎖書店年終辦的派對相遇。他們皆是那場面不搭軋、不合宜，臉上掛著抱歉、沒有人來招呼理會的挫辱，以及內心懊悔不該來的年輕創作者，像夜間公路車燈掠過，明暗不定的表情。

一排排書櫃形成奇幻的牆，那無數書背印象畫派碎碎點點粉彩的馬賽克，不，更微細單元像電視屏幕故障的繽紛色卡，環繞著那些出版社老闆、總編、拿著紅酒杯站著應酬的女記者女主編、暢銷書的作家、……。於是他和那一個禮拜後的死者，被看不見的潮汐，自然而然推到樓層電梯旁的角落。他們笨拙地拿著小紙盤的蛋糕，自嘲、同謀，做出苦笑的鬼臉。

他記得那同儕作家對他說：「你知道，我多羨慕你。」

「我？」他像剛變聲的中學生尖嘎頂回去：「拜託，我才羨慕你呢？」

我沒有工作（老兄你可是掛階雜誌總編），又有兩個糊塗生出的小孩（老兄你聰明一開始就抱定不生），我整天為錢焦頭爛額朝不保夕（老兄你比我好多了吧），我爸又中風癱在醫院（你別告訴我你爸也是），我老婆有憂鬱症（印象中嫂子比老兄你沉穩多了）……脫口相聲胡說一番，實在待不住這種空間，他便告訴對方，我先閃了（其實也沒有人會注意他們這種咖的出現和離去）。當然是那之後，之後的之後，才會像在水缸洗手匆匆離開的人，破碎的漣波水影聚合，最後一瞥，那異樣的，眼神已不在的，倒影裡的臉……

其實那時他或已在像我發出求援的訊息了呢？會不會那時不倉惶逃走，拉著他去找間Pub，哥們喝兩杯，互吐苦水，也許或能拉住他一下？

紙箱持續發出啪啦啪啦的聲響，但間斷的沉默時間拉長了。那其實是正隔得那麼近的，另一個小空間裡的，「薛丁格的貓」吧？這麼多年過去，在不同的聚會，或有不同的同儕作家，在某個較傷感、唏噓的回憶時刻，說起：那個「D-Day」之前的一天，或有兩三天，或像他這樣一個禮拜，預知死亡記事那樣的，那個傢伙啊，竟半夜打了個電話給我，平日我們也沒聯絡的。什麼也不說，我那時半睡半醒，問了他「你還好吧」，也就那樣收了線。或是在另一場合遇過，完全看不出任何厭世訊息。真的就像撲克牌裡那張Joker神祕詭異的臉……。好像都藏有一段將「為何那樣做？」推理往迷宮另一方向轉彎的線索，也都有這樣的自責：如果，那時我……，就好了……

馬拉拉麗人說：「我有時也想：我該不該介入呢？在虎面的腦中衛星定位，這一切都是牠狩獵的動線，牠進行著和牠幾千年前祖先一模一樣的儀式，埋伏在樹葉的陰影裡，屏住呼吸不發出聲、眼瞳調整焦距，身軀彈射出去時所使用的前肢肌肉和腰臀，或翕鬚的平衡……那些生滅不正是這個空間裡獵食者和被獵者之間，呼吸或心臟停止的無數發生的機率嗎？」

但是如果，許多年前，真的把那在一禮拜後會將自己上吊死去的友伴（似乎是在葬禮之後，他才感到他和他其實是可以靈魂對話的好友），從那個書店派對拖走，鑽進任一間爛Pub，就算那時愚人般被各種爛事困境、纏縛得焦頭爛額的他，突然被某個上方的造物在腦額葉灼燒開一個燦亮的隙孔，能照見未來時光的一切全景。他能和他說什麼？

這樣的，肺囊噴出的每口氣都是衰的，後來鬆垮垮地活著，和那個其實也就歸於宇宙無限微粒的「不在」？搶到了那如今看來如此短促的一點點加時延長賽，那偷來的空白試卷，莫非那小說同儕那時便已演算至終局？悲哀的是，便連這樣的活人以卑微活著的「後來」，對著那無能回答，進入永遠闃默的死者，提問、追尋意義，然後像迎風攤開汗漬斑斑的大內褲：「你看，我也……」，這樣的，彷彿徒手在粼粼溪流中撲抓靈蛟小魚的「讓時間暫停」——讓事物從動的狀態，進入靜止的無限——他年輕時就已在比現在這個自己更趨近純淨數學的小說裡演算過了……

這時才注意，紙箱裡的撲騰聲，很長一段時間已沒有動靜了。

字母會

童偉格

逃逸線

L

逃逸線

Ligne de Fuite

1

除夕夜，午夜過後，此村是靜僻的。家家關門掩戶，或裝睡，只等候黃曆上寫的初一吉時到來，人們才會開門祭天，放鞭炮，迎財神。兒時，他和兄弟也會跟著父母，在吉時前刻醒來，到客廳一起挪疊桌椅，布置成兩層祭壇，擺上果碗清茶，等候面天之時。記憶中，那些吉時總在天亮前，而所有布置與等候，總在一種與節慶氛圍相反的惺忪與低調中進行。或者，低調的只是他父母，他們不識字，對於參酌了兩本黃曆，也再三跟鄰居確認了的所謂「吉時」，他們總沒把握能自己認準。所以，往往就在一切都布置妥當後，他們就各蹲已無坐處的客廳一角，各自抽菸，等待終於有人放響第一陣炮仗，這才溫吞吞起身開門。門窗緊閉的客廳裡，父母像蹲踞囚室，隱身煙霧之後，這成了長久以來，關於新年，他個人最深刻的記憶。

記憶是多年以後，才對他成形的：比起對他說明父母，記憶更多只是對他說明他自己。因為確實，對彼時的他，與對幾乎終生就在此村度過的父母而言，上述時刻，只是時間的闌尾，某種毫無意義，卻又無可迴避的頓停；類似這樣的時刻，在他們的生命裡很多：等公車、等看診，等待他，在某種他們難明的自我困局裡，自己正常起來。因為確實，彼時，當他們終於開門面天，見人，就又接續上節慶的歡樂了。黝暗光度裡，一位位鄉親，像剛活過來那樣四處走動，互道恭喜。對當時的他而言，比較各家祭壇，從祭壇上偷拿罕見的糖果吃，總是十分快樂的。

成年以後，他也理解了，各家各戶形式不一的閉門布置，所共同表達的，是同一個十分務實的心願。然而，若真有神祇，誰最受祂眷顧，在以翻修房舍做為共同志業的此村裡，是最無可隱藏的。多年以後，在家家閉關的幽靜夜暗裡，他出門，此村閒走，探看整山谷中各展風格的屋舍，確也感到與兒時探訪各家祭壇時，相似的，真摯的愉悅，很高興所有鄉親，都比他更契近自己衷心想望的。不過，當然，他始終不如父母期待的那般正常，他感到愉悅的事，父母是不會喜聞樂見的。

這時他就看見她，從路上走來。

2

此村惟一出路，指向大海，在非常幽靜的夜裡，沿路遍生的高大蕨樹，複生葉片為了織造夜霧，會在冷風中，奮力像蒼蠅的短翅那樣抖動。那頻率超音速，只有非常悲傷的人才聽得見。一百年前，他的兩眼掛淚的曾祖父，就是循這音頻，從海邊走這惟一一條路上山的。那時還沒有此村，此村該在的整片山谷，彼時是一個人也沒有的。曾祖父眼照羅盤，觀望山勢，在對應方位裡，他找到果然就在的那塊碑。碑上有字，雖然曾祖父亦不識字，但他確定：這就是了。

3

曾祖父當然不知道，百年內，不記得從哪年起，他和她就習慣一起過年了。也不是一起過年，比較像是同吃一頓年夜飯。也不是一同吃頓飯，比較像是一起處理諸神的廚餘。諸神由鄉親可有可無同奉，列位在那一條龍老土角厝的正殿；正殿左廂住她，右廂住他，對稱或倒逆，像曾祖父座下，一對老玉女金童。

每年到了除夕，鄉親來正殿灑掃焚香，合一桌年菜，擺陳案上；到了傍晚天將黑，他們就各帶碗筷，攜酒，從各自那廂遊過來。他們正殿聚齊，對坐，彼此斟酒，各自埋頭扒冷飯。那時廳門開敞，一年裡最後夜色攜帶山區固寒，圈點此鄉焚餘冥紙堆，很給人一種諸事已盡的穩確。比較困擾的是，那樣時刻總也下雨，細雨洗練杜鵑花叢，將冷淡生機浸染雨所行過一切，連牆都變得昏曖無明，這時鄉親就心生一種預感，明白新時節所成就的新妝點，只是鄉親深自所願的暫留。

這時，當鄉親忙碌收拾，分門別戶，一家家也要回去，閉門同食各自所承之香火的冷廚餘時；當鄉親看見老正殿廳門開敞，一室燭光裡，靜坐如能劇的他倆時，初時也無法不納罕。鄉親發現他們不太跟彼此講話，大概因為對邊各住，一年到頭，他們本就早已不太對誰說人話了；鄉親發現他們也並非對彼此不熱絡，只是方式難懂些，大概如果人際間，除了親情、愛情和友情外，還有別的什麼世間情，那就是他們對彼此的感情。

這是鄉親傾心之所願。

4

二十五年前，當彼時尚是青年的他返鄉定居時，她已經就在家了。他得了一種必須回收全副心神，專注在與自己身體奮鬥的病。他穿著那套離鄉時所穿舊西裝，提著舊行李箱，回來投靠老父母。開始時他像在找事做，每日清早西裝穿好，手提碩大電話，公事包，從外邊招來計程車直入大樹下，說要出去談生意，找人投資他的新發明。到了傍晚就原車返回，外帶一紙杯咖啡，像是談事頗有進展的樣子。在那時的一條龍右廂，老母總已晚飯煮妥，倚門長盼他；老父也總在樹下坐著，專等他步下計程車，人前劈頭給他一頓好罵。

有嚴父，有慈母，有最後總承讓老妻的老夫，他在暴怒與溫慰所交織的話網間筆直身形，啜口咖啡，故作無事返家吃睡。他迎來療病途中，人生裡的第二青春期。這樣療癒時日很長，心焦細想時，就會顯得再更無邊際地漫長；長到老父有天樹下咳血，救護車載出山就沒再回來過，長到老母接著罹癌，兄長接去安養，最後一回返家探看時已鼻口插管，不能言語，只濛濛雙眼望他。他勉強成人形，公事包裡抽圖紙，給老母講解他的新專利：鄉親說，就是把可惜了現成一碗海產粥，裝塑料袋裡凍起來的所謂「海鮮冰」。

老母看著他直笑，一笑眼淚就靜靜流。

且再最後一回，衣袋裡掏錢投資他。

5

在一條龍左廂，玉女第二青春期，如同她的第一青春期，過得比較艱苦些。她出嫁遠方，沉迷於以賭致富，欠了債，債主找上門。丈夫氣極，甩她一巴掌；她不服氣，跳上去扯他頭臉，說全部人都能打我就你不行，把丈夫揍了個半死。丈夫去掛急診，連夜，她搭平快一站一停，虎虎生風晃過半個島，還投山裡來。

那時左廂，住著她大哥二哥，大哥和亡父一樣半癡，二哥像亡母，半傻。兩活人和十數條流浪狗同居，同睡光禿禿地面，同吃一盆菜飯。她一進門就又打擾他們安寧，她拋下行李，與在鎮上早市買的食材，罵人驅狗，埋鍋造飯，如同維持在彼時，在她未同意丈夫要求而遠離他們前；或更早，在非常年幼時，當她有天半夜驚醒，清楚理解自己是全家惟一神智正常的人之後，她每天獨自像陌生人一樣努力在維持的，所有微不足道的家管。她洗了大哥，洗了二哥，且也在他們哀憐同伴的目光中，把趕到門外的十數隻狗，都一一拖進門洗了。

人狗煥然如新，屋外歡快奔跑，她在屋內，繼續孩提時代獨自的尋寶遊戲：在牆縫櫥櫃間找硬幣，銅鐵，或任何看來能換錢的金屬。她向屋外田野掃一眼，思量哪裡能供種作。這像是荒島謀生的日子需要專心計量，只要你別無盼望，就能專注避險。

6

每日他看她專注生活，放牧他兩位哥哥；他愈益就像是她兄弟，特別，是在她先後埋葬他們以後。有天午後，他們在廢田上堆土灶，坐等番薯悶熟，那時天清地闊，雲很高。土煙曲折，隨氣流散進谷地處處可見的煙火中。遠方，近處，有人在燒雜草，廢建材，或半圮廠屋，整個世界，好像就是這樣始終靜靜自燃。

他想起，當然了，這一切皆都似曾相識：很久以前，他們不免已有過，像如今這樣一同靜待火光的時刻。他們該當確信彼此，是在他們曾祖父的喪禮上初次見面的。當時他們都是真正的孩子，不會要求自己，必要清楚記憶什麼，但非常久之後，他們會發現這麼說永遠無誤：那時的天空比較藍，空氣比較好，田畝是田畝，稻秧如常，排列在清水倒映的雲彩間；溝渠裡，小蝦在翳影中慢慢游。這並不來自記憶、而是來自永遠無誤的理想的，天地無比清闊的完美世間，很適合用來成就一場昔時喪禮；只因直至如今，他的族裔的喪儀，總也伴隨大量的焚燒。

7

昔時之人，亡故得比較漫長，在他們死後，每天要分門別類、循序燒掉不同物品；到了入土前一天，會燒掉死者近身衣物。他們該當記得這場面：這個午夜，兒時他們，聚集在那同一棵永遠的大樹下，和族親們手拉手，焚燒曾祖父衣物，連同其他已逐日焚化的物品，衣物將一同送達另一世界，以備曾祖父續用。那是一把清亮的、日後永不再有的好火。那是一個化學問題：只因在曾祖父的時代裡，衣物沒有太多人造纖維，不至於如他癡傻後代的衣物般，焚燒過後，布塊焦灼成團，帶著高溫，騰空沾黏，且發散出不可思議的臭味。

8

他們或已理解：對於他們曾祖父的死，鄉親並不怎麼難過。那是因為他們是這樣一種勞苦與抑鬱的族裔，對任何亡者太過持恆與長久的寄掛，有違生活常識。那更是因為這已不為所有癡傻後代記憶的簡單事實：活過八十年的曾祖父之死這事本身，就像是一場已持續半世紀之久的喪儀的最後尾聲；這尾聲過晚宣告一件人盡皆知的事：有一種生活方式，及其所徵求的情感，如今終於正確消亡，不會再返。曾祖父，屬於當今世上，不會再有的那種人，生來，死去，一輩子都是某家族數代人共享的，最忠心的僕役。那個主人家族，在她和他相繼出生於世前，所有成員皆已散佚島外。所以，那家族在他想像中，和留下金字塔，或馬雅神殿後離境的外星人相去不遠。

9

昔時，他的曾祖父亦尚是青年，他最初服務的對象，島北最初領袖，擁有地底一切礦脈，地上無盡種作，人稱「大頭家」的那人，在國家體制穩確後，抑鬱死去了。他的喪禮持續經月，場面備極哀榮。

為了更展永不再有的哀榮，在那停靈數月裡，人們為他紙紮一整座莊園，擺置所有他在那新世界裡，不可或缺的舊物：車駕，最新穎電器，最青春男女僮僕等不計其數，皆都比例精準，栩栩如生。這整個紙紮的微世界實在仍是太過龐大了，人們必須借用媽祖廟廣場，搭起籠罩全廣場的雨棚，才能徹夜挑燈施作。

一日一日，路過群眾看著望著，漸漸都不太關心大頭家本尊了，只期待雨棚卸下，他的微世界全景展示，向此世借光的那時刻。那夜終於到來，人們就在廣場上舉火，無數精美樓閣接續塌陷，一一飄散向高空，火光照亮所有人的臉龐。所有觀看的人，所有被照亮的人，都有一種彷彿成仙的幸福感，畢竟在他們一生中，他們絕無機會，這樣全景觀看一整個精緻完美的世界，成其存在的目的，這麼盛大而徹底地在他們眼前壞毀掉。

因此，當烈火燒蝕過廣場，飄飛的焰球襲捲向媽祖廟時，初始並無人有反應。人們或以為，那是整場祭儀的一部分；以為若大頭家默默伸手，此世諸神氧化還原予他，由他攜走，都是可以的。

這場大火燒掉半個海鎮，媽祖廟燒得只剩地基。那時，在那黑黝光禿的無神廣場上，在一個新世界，第一個晨光照耀的清晨裡，在所有累極的、溼淋淋的群眾裡，如果還有人有餘裕，旁顧這樣一位始終流淚，從頭到尾都在慟哭的好青年，他也就在水火人世間，指出了關於他們家族，第一位領有存在目的的先祖，他們的曾祖父。

曾祖父存在的目的是哀悼：主人家族指定他，終生做為大頭家的守墓人。

10

曾祖父這就兩眼掛淚，走上山，在開闊谷地上，找到一個墓碑。那時整片此村該在的谷地，地面上，就只站了曾祖父一個活人；地表下，應該就只躺了大頭家一個死人。

那時的曾祖父並不知道，在那看似無路可出的世間，他將肇啟一整個活人宇宙，一個有其親疏遠近，有報負，有野望，也不時令人心碎地像他那樣兩眼掛淚的世界。路就是這樣蔓延開來，百年以來，無數人循路而來，爭論著一個正確的，啟蒙像他們這樣不文之人的方法。

他們常常是挫敗的，往往只留下墓碑般的戰鬥文告。

他們往往也不是挫敗的，只因墓碑會風化，只有人求生的意向永遠生生不息，會與他們所在的世間奮戰到最後一刻。

如同老金童他知道的：看守的活人，會變成活人所看守的。

11

記得總是開春不久時，舊曆二月或三月天，彼時，村人就會集資，租借遊覽車，在一個假日舉村向海鎮。進香的日期，在年前，一經眾人在村廟議妥後，就是鐵定不改的了，無論當天或暴雨如傾，不適合出門，無論任何人疾病亡故。小時候他以為，那是因村人看重神旨，因為媽祖婆允可的約期不可輕毀。長大點他知道，不易更改的，主要還是人事艱難騰出的空檔：錯過這天，你不容易再找到近鄰別日，再要家家戶戶放下勞動，一同遠行。

奇特的是，慎重不移的僅是日期，而這一日內所有時刻，總被村人隨興拖沓得緜遠。總在天未亮時，遊覽車就停在村口等候了，彼時村人，一些大多與他父母年歲相當的叔伯姑嬸，一對對，或獨自帶著孩子，陸續靠向停車處，各自穿著最體面的衣服。這闔家整裝，關窗掩門，與步行至村口的路程像是無比漫長，像那是闔家最終一回，與他們所在的山谷道別。

總在司機不耐煩，主事者生氣了，總在天濛濛亮起，如他這般的孩子一撥撥被分派出去，搜查隊般滿村亂竄，到處敲門叫喚之後許久，進香團成員才總算一個不漏，都到齊，能出發了。車子啟動，慢慢迴轉到馬路另一邊。記得的，總是這樣一些漫山迷濛的春日清早，未來的玉女，靠坐遊覽車窗後，抹散窗上水氣，看那整個村子，如今空曠了，看上去，像另一個太過透亮的琉璃世界，在她視野中旋身，漸漸漂遠。

老金童記起童年自己，被交付尋人任務，正走在昔時故鄉。從那裡開始，回憶能及的，最後總是這樣的抵達：遠離村口，車沿河谷下山，下到海鎮，駛入媽祖廟廣場。車未停妥，一切仍在浮動，所有他能想起的人，皆已紛紛離座，走道站妥，伸展腿腳，順手拍醒睡著的同伴。像真的，這才艱難返家了。

12

奇怪的只是：世間再也無人，曾當面見過大頭家本尊，且誰也沒去確認過他，是不是真的，就躺在曾祖父終生看顧的地界底了。說不定，有的化以火焚，有的幻作土堆，谷地所盛墓碑，仍只是大頭家的另一個逃脫之術。

但這對生生不息的活人宇宙而言，卻是大家最不需要關心的事了。

字母會

逃逸線

潘怡帆

評論

Ligne de Fuite

L

童偉格的逃逸線以「複寫」的形制繪製。複寫是文學的精神分裂，書寫在落筆的同時，分裂成想寫下的與被寫下的，作品在完成的瞬間，分裂成已經寫下的與以為被寫下的。意義不斷從文字的表面脫殼，然而，從靜止的象形中逸出的，不是足以取而代之的新正統與真意義，如蛻後新蟬，而是魍魎般附著於字形的無面孔，通過說故事避免故事被說完，通過在場指出有「缺席」的故事傳承者，如金童玉女標誌神的方位，看守的僕役成為主人家的最後遺跡。通過在場，指出缺席，留下者是為了說明那已逝、已歿或已遠離的非它之物，同樣的，它也通過轉移注意力的「指往彼方（缺席處）」二次地隱蔽了關於自身的在場。它做為彰顯缺席的在場者（沒有缺席），蛻變缺席與在場的雙重逃逸路線：既非在場，亦非缺席的永恆流變者。如同小說中早已離境的主人家族之於被留下來看守遺跡（傳頌神話）的僕役，金童玉女承受鄉親對「諸神」的情感，老土角厝的正殿指向的是那場掃除一切神跡的盛大葬禮……所有的繼承都是對「缺席或缺位」的移轉，是缺席的繼續，而非填平。精緻無比的紙紮葬禮以人所理解的世界延續／想像神造的世界（媽祖廟的神聖性），守墓人對碑文傳奇的編織，故事傳承故事，漸漸再沒人關心躺在地底下的本尊（真相），真正被延續的是延續本身，是「說」故事，而不是故事內容，是一道影子蛻成另一道地逐漸拖行出一條影子之線。「影子之線」勾勒出文學的起源，它的在場以傳述神聖（傳說）驗證「神的缺席」。做為驗證缺席的在場，文學無關乎神聖的再現，而是神聖光輝的占位（看守不在場的看守者），它是對彼方的永恆凝視，使讀者在領受聖光恩澤（故事）中，保有恢復神聖的希冀，想像那比所能想見都更為巨大之物，想像那已越過想像界線的不可想像之物，並由是生生不息地繼續說故事。

顏忠賢透過「寫作」流變意義，組裝逃逸線。使寫作能夠精確且生動地表達所指對象的各種喻依，也是導致同一形象裂解的雙面刃。如此總有所指，卻又一再溢出對象之外的重瞳思考，於是構成文學的逃逸線。書寫一方面猶如牆頭草，以不同的字眼或段落吻合各種解讀的差異心思，另一方面，任何企圖「來真的」的驗證都只能淪為招招落空的虛晃姿勢，因為寫作總已離開寫作。離開寫作並非不寫，而是使寫作蛻成創造的動力。寫作不僅止於決定創造成果，更從成果中迫出嶄新想像，如同卡夫卡以《塞壬的沉默》重說荷馬筆下的尤利西斯。創作不是為了校定現實，而在爬梳過去，凝視未來。這是寫作跨越認知科學之局限的原因，後者以重複來檢證現實經驗，而寫作卻是對此重複的差異化。重複是與過去保持一致，驗證已知。然而經驗的差異化卻是以經驗為據點，擁抱未知，它創造脫離當下的可能。不過，以自身做為未來的實驗場，必然招致面目全非的自毀，因為寫作總在所有可視光線之外聚焦，如同顏忠賢透過尿、潮解、羞愧、神聖、溫暖、病態和夢中魚……圍捕「水」的寫作。隨著時空變異，水同是少女的噩夢與歡愉，它以不同的詮釋路徑，歧入看似毫無共通的二重世界，既是不可觸碰的禁忌傷害

（惡水），也是踰越禁忌後的超凡神聖（聖水）。然而，再多的詮釋（古漢方的、新科學的）也無法以多過於臆測的程度，解說其變異的緣由（尿床在來經不久後停止），如同故事末了那無論用任何烹調法（炸的、蒸的）都注定走味的夢中煮魚。口沫橫飛、頭頭是道的料理法（詮釋）仍舊只指向那條以缺席在場的夢裡的魚，但也因這種無法一招斃命，一再失焦的說不中，使得魚（水）「最後終究把魚卵下在聖河的聖水中的依舊翻騰……」文學總一再逃離所有的討論，並以此構成繼續說它的文學之線。

駱以軍以故事製作蟲洞，規劃著遠離死亡的逃逸線。死亡與死者無關，只與倖存者有關。死者以離世切斷關係，以死去逃離了死亡的威嚇，成為與死亡無關之人，與死亡脫勾，例如自殺的同輩作家與老作家的作家兒子。然而，倖存者做為經驗他人死亡的見證者，使他無法置外於死亡，並因此成為延續與傳承死亡的在場的死者，那一再睜眼的亡靈。如同卡夫卡筆下的活死人格拉庫斯，他遊盪在一個接著一個的城市序列間，無法截斷旅程地真正死去。本應由死去所中止的時間，被尚未死亡的，活著的人的時間接續，換言之，倖存者的存在延續而非結束死亡事件。如此的共存性使倖存者無法擺脫死亡，除非取消他自己所存在的時間。於是逃離死亡，必須以故事形構蟲洞，以便中斷由他的生命所連貫的時間性，必須從當下的時間逃往另一段時間之中，從綿延死亡的葬禮前往不斷生產虛構的聚會，重製死亡無法在場的「不存在的時間」。以跳tone的主題拼接，使時間失去固定流向，並由此打造一具集滿各種故事碎片的（新浪潮電影、變態風漫畫、貓王、性冒險等），博物館般的「未來的身體」。以不同的既有時序所鑲嵌的博物館，無法被定位於已知時間裡的任何一點，因而，它只能屬於尚未出生的未來，以無法抵達下一刻的方式（時序被多重的故事錯亂了）推遲死亡對倖存者在場的占據。然而，那以失序的時間從死亡在場中脫逃者，同樣會因為無法預知蟲洞所開啟的下一個故事碎片，注定寫下自身的悲劇。死亡隨時可能化身為故事的片斷，對脫逃者展開猝不及防地偷襲與占領，如同那從貓口下暫停的死亡，只是短暫的「加時延長賽」，因為遠離死亡的奮力，總以爆棚的生命力降生為死亡自身的逃逸線，使死亡一再從中誕生。

陳雪的逃逸線標誌在「藥是獎賞」的嚴密劃界與越界之間。藥做為白晝與黑夜的截然二分，精準地斷開筆者的瘋狂與冷靜。白日寫作是她一切瘋狂的出口，在這裡，虛妄無所節制；夜裡，藥是洩洪的閘口，分段分層地，一顆一顆地（晚上十點的第一劑，接著在十二點服下第二劑、十二點十五的第三劑……）逐步將瘋狂驅趕到夜晚之外，使夜成為安寧的寓所，能夠沉睡的天使搖籃，使筆者在白晝飽受瘋狂侵擾之餘，仍能保有最後一線希望地等待黑夜。以精準用藥而涇渭分明的禁止越界，似乎正在使一分為二的世界日趨澄澈，然而，一旦原本應該用來釋放瘋狂，描述最狂癲之事的寫作，開始記敘封緘瘋狂的用藥實錄，寫作便穿上驅魔藥丸的外衣，記錄吃藥同時使理性變節為瘋狂，使界線成為界線的取消。原本應象徵機械般精確且理性的，計時計量的服藥守則，通過書寫折映出偏執的瘋狂，瘋狂於是踰越它與理智間的分界，使理智染病，蛻成瘋狂的終極形式。當理智獻身瘋狂，則再無防堵瘋狂的底線。寫作披上猶如用藥程序般客觀自持的外衣，潛入最寧靜的夜裡，用最冷靜的口吻，分析著已痊癒或有好轉的日誌記載，殷切期盼的「戒藥」是魔鬼另類變身的甜蜜勸誘，它腐蝕了由藥掌控的禁區誤闖，使本應安寧的用藥之夜，蛻成精神錯亂的第二種白晝，在睡眠裡繼續戒備的睜眼噩夢。然而，當天光亮起，又是另一個白晝瘋狂的嶄新到來，接續那未曾睡去的夜裡的白日，至此之後，再無夜晚，白晝永在，循環著也再接續著，一個與另一個瘋狂。藥，因而也是白晝的獎賞，它做為界線在場的取消，恢復著瘋狂無可阻攔的威力，以對抗瘋狂最終成為瘋狂溢出的逃逸線。

胡淑雯化「認識」做為逃逸線，使各種認識都反向逃往「其實不認識」。「認識、認得或認出」皆指認與定義，鎖定目標且圈定邊界，它固定所是，悖反意義的游牧，使對象無處可逃。把「認識」指往「其實不認識」，不是暗示任何不認識皆等於「認識」，恰恰相反，當「認識」蛻成逃逸線，將導致絕無可逆的骨牌效應。一旦所有認識都逃向無法認識，認識則不再能從行動中淬鍊任何一致或可辨識的慣性，因為「不認識」無法積累、建檔、分析或歸類，它是其一到另一的動態差異與無從比較，是通過連續否定（不是……不是……）形成「不認識或無認識」的逃逸線。把認識指往「其實不認識」，不是「點對點」的連結定義或測度關係的「連連看」遊戲，它與其說是原點往四面八方散射，毋寧更是通過「不認識」的驗證一再地摘除定點。因為「不認識」不同於無知無覺，它否定認識，把認識移轉為「認識抹除」，必須從某處歧出，才能感知「否定」所意味的斷裂，如同小說敘事者一再以認出小亞來否認她。小亞說：「我要改名換姓，移形換體，讓過去追不上我。」她與敘事者約好「僅此一次」的遭逢，使未來的任何相逢（夢裡、異域或舊地重遊）皆斷開相認的可能，而只是不認識的「似曾相識」：「再見的時候，別再讓我認出來。」相逢只能是「烏有認識」的，所有的認識都指向相認與相識的不可能。夢中狗、酒店裡的任一張面孔、六本木攝影展裡的肖像照與箱型女屍……敘事者一再從不相識的對象中汲取似曾相似的悲傷，通過認出悲傷，使小亞能因為「不會重複，再無未來」的不可認識而潛逃出境，逃離那些悲傷。辨識小亞的方法不是使所有無關者蛻變小亞，不是否認小亞與他者的相近，而是通過永無止盡的尋覓來指認自己的毫無認識，使小亞從被瞄準的各種類型中（流變狗、MTF、屍塊……）再次逸散逃脫，蛻成永遠非此的彼方之人。因而不能停止尋找／認識小亞，以便使她能持續不在場，使她「就算站在原地，做著同樣的工作，她一樣可以就地出發，抵達遠方」。認識是為了重識「不認識」，尋找是為了再次失去，於是，胡淑雯的每一筆前進都畫出／畫下逃逸線，全速疾馳。

黃崇凱通過「偽娘」把整個世界變造為他的逃逸線。不同於跨性別或變性欲者對自我所是的揭露，偽娘把自我藏於世界，如叢林裡的迷彩，融入背景的變色龍，隱形不是無色，而是蛻變同色，人潮無疑是最佳的藏身所，偏見打造視而不見的死角，誠如小說所言：「我們的自我表達能力在大量的影像戲劇中，被消除得一乾二淨，好像我們在做什麼、想什麼都被制約了。我們住在類似這樣的透明框框中，卻沒察覺受到限制。」偽娘穿上與世俗眼光同款的袍子，褪成見為保護色，使看見總已錯認，使在場形同逃脫。偽娘以符合世人的期待來編織自我的逃逸線，通過加重既定的印象與既有的偏見，他把成見正名為認識，使眾人的自我欺瞞成為他逃逸的幫凶，規劃路線的共謀者：「我的視線裡沒有我，我製造的是別人眼中的樣子，符合普通人對長這種臉、這種身材的想像。」被觀看與備受矚目構成偽娘脫逃的路線，他重現欺眼擬真畫（trompe-l'œil）的魔法幻術，使眼見為憑成為騙局所在，使清楚明晰的視覺成為欺人的錯覺，使辨別是非的查緝成為他逃逸的武器，黃崇凱說，偽娘「以肉身〔實像〕欺瞞〔抽象〕性別」。欺眼擬真畫的幻術源自光線對視線的重新調度，通過窗框、木條、隔間或布幕等細節重布，它不是邀請觀眾走進畫中世界，而是讓整個世界構成它的背景，使繪畫從二次元凸出，如同從ACG走入三次元的偽娘。因而畫作以報紙、眼鏡、木盒等瑣碎物件與行動暗示無異日常（可以使用、取出或移動），偽娘以「纖細、一五五公分、膚色白皙、直長髮、畫家帽、短裙、幼咪咪又軟綿綿的質感」等女孩的既定形象成為世間的女孩之一。黃崇凱建構的是笛卡兒式的光學危機，當眼睛開始撒謊時，還有什麼可以信賴？偽娘使觀看成為取消觀看的完美犯罪，如同剝下褲子的裸露其實是穿上另一層肌膚的「假陰褲」，以假亂真的景觀使視覺成為最親密的叛徒。穿上偏見與將錯就錯是偽娘對成見的抵抗，他成為藏身於世的避世之人，以裝飾視覺來躲避監視的逃逸線，成為換取終極自由的盛宴。

六個小說家以寫作的不斷逸／溢出構築文學的逃逸線，於一再重複的主題中（六次）創造不斷差異化的重新誕生。

作者簡介

◉策畫

楊凱麟

一九六八年生，嘉義人。巴黎第八大學哲學場域與轉型研究所博士，臺北藝術大學藝術跨域研究所教授。研究當代法國哲學、美學與文學。著有《虛構集：哲學工作筆記》、《書寫與影像：法國思想，在地實踐》、《分裂分析福柯》、《分裂分析德勒茲》與《祖父的六抽小櫃》；譯有《消失的美學》、《德勒茲論傅柯》、《德勒茲，存有的喧囂》等。

◉小說作者（依姓名筆畫）

胡淑雯

一九七〇年生，臺北人。著有長篇小說《太陽的血是黑的》；短篇小說《哀豔是童年》；歷史書寫《無法送達的遺書：記那些在恐怖年代失落的人》（主編、合著）。

陳雪

一九七〇年生，臺中人。著有長篇小說《摩天大樓》、《迷宮中的戀人》、《附魔者》、《無人知曉的我》、《陳春天》、《橋上的孩子》、《愛情酒店》、《惡魔的女兒》；短篇小說《她睡著時他最愛她》、《蝴蝶》、《鬼手》、《夢遊1994》、《惡女書》；散文《像我這樣的一個拉子》、《我們都是千瘡百孔的戀人》、《戀愛課：戀人的五十道習題》、《臺妹時光》、《人妻日記》（合著）、《天使熱愛的生活》、《只愛陌生人：峇里島》。

童偉格

一九七七年生，萬里人。著有長篇小說《西北雨》、《無傷時代》；短篇小說《王考》；散文《童話故事》；舞臺劇本《小事》。

黃崇凱

一九八一年生，雲林人。著有長篇小說《文藝春秋》、《黃色小說》、《壞掉的人》、《比冥王星更遠的地方》；短篇小說《靴子腿》。

駱以軍

一九六七年生，臺北人，祖籍安徽無為。著有長篇小說《匡超人》、《女兒》、《西夏旅館》、《我未來次子關於我的回憶》、《遠方》、《遣悲懷》、《月球姓氏》、《第三個舞者》；短篇小說《降生十二星座》、《我們》、《妻夢狗》、《我們自夜闇的酒館離開》、《紅字團》；詩集《棄的故事》；散文《胡人說書》、《肥瘦對寫》（合著）、《願我們的歡樂長留：小兒子2》、《小兒子》、《臉之書》、《經濟大蕭條時期的夢遊街》、《我愛羅》；童話《和小星說童話》等。

顏忠賢

一九六五年生，彰化人。著有長篇小說《三寶西洋鑑》、《寶島大旅社》、《殘念》、《老天使俱樂部》；詩集《世界盡頭》，散文《壞設計達人》、《穿著Vivienne Westwood馬甲的灰姑娘》、《明信片旅行主義》、《時髦讀書機器》、《巴黎與臺北的密談》、《軟城市》、《無深度旅遊指南》、《電影妄想症》；論文集《影像地誌學》、《不在場——顏忠賢空間學論文集》；藝術作品集《軟建築》、《偷偷混亂：一個不前衛藝術家在紐約的一年》、《鬼畫符》、《雲，及其不明飛行物》、《刺身》、《阿賢》、《J-SHOT：我的耶路撒冷陰影》、《J-WALK：我的耶路撒冷症候群》、《遊——一種建築的說書術，或是五回城市的奧德塞》等。

◉評論

潘怡帆

一九七八年生，高雄人。巴黎第十大學哲學博士。專業領域為法國當代哲學及文學理論，現為科技部人文社會科學研究中心博士後研究員。著有《論書寫：莫里斯・布朗肖思想中那不可言明的問題》、〈重複或差異的「寫作」：論郭松棻的〈寫作〉與〈論寫作〉〉等；譯有《論幸福》、《從卡夫卡到卡夫卡》。

字母會——A——未　來

A COMME AVENIR

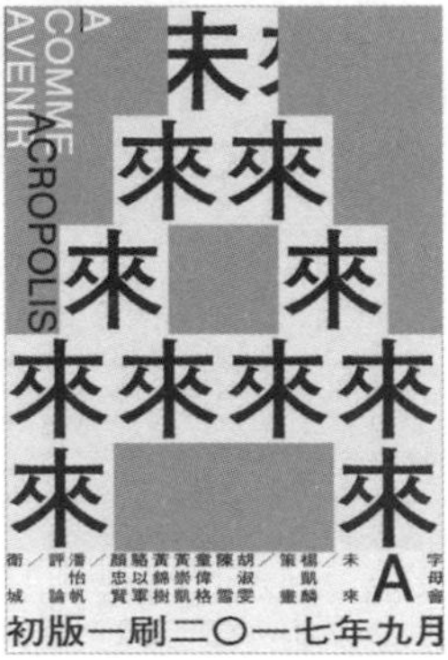

除了面對尚未到來的人民，
不知書寫還能做什麼？

未來意味著與當下的時間差，小說家必須在時間差當中飛躍，以抵達眾人尚未抵達之地。黃錦樹以馬來半島特殊的鬥魚，從物種面臨的殘酷生死中，反應人對死亡的恐懼；陳雪描述生命的故障與修復，有未來的人也是會邁向死亡的人；童偉格描述死亡無法終止記憶，甚至成為一再回溯的萬有引力，陳述人邁向未來之重；胡淑雯以童年的結束，描述未來是如何開始的；顏忠賢筆下的人是在荒謬與無謂的等待狀態中被推向未來；駱以軍以旅館的空間隱喻死後的場所；黃崇凱則將人類移民火星的未來新聞化為事實。

字母會——C——獨　身

C COMME CÉLIBATAIRE

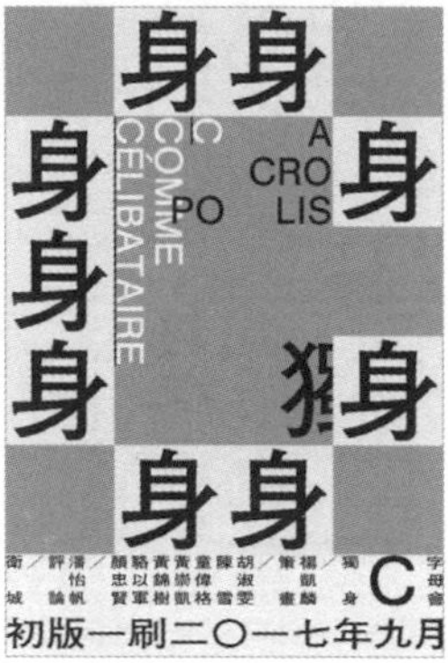

當我們感受到孤獨這個詞要意味什麼，
似乎我們就學到一些關於藝術的事。

文學的冒險，觀照一切孤獨與難以歸類之物，意味著書寫與閱讀的終將孤獨。黃錦樹敘述遁隱深林最後的馬共，戰役過後獨自抱存革命理想；童偉格將一個人拋置於無人值班的旅館；胡淑雯凝視女變男者的崩潰與自我建立；顏忠賢以猶豫接下家傳旅館與廟公之職的年輕人，描述一個很不一樣的天命；駱以軍以如同狗仔隊偷拍的鏡頭，組裝人生一場場難以寫入小說的過場戲；陳雪描寫小說家之孤獨，看著現實人物在他的故事裡闖進又闖出；黃崇凱以香港與臺灣兩個書店老闆的處境，假設一九九七年香港與臺灣同時回歸中國，書店在政治之中成為一個孤獨的場所。

字母會——D——差　異

D COMME DIFFÉRENCE

必須相信甚至信仰「有差異，而非沒有」，
那麼書寫才有意義。

差異是文學的最高級形式，差異書寫與書寫差異，使得文學史更像是一部「壞孩子」的歷史。顏忠賢從民間信仰安太歲切入，描繪安於或不安於信仰的心態；陳雪在變性與跨性別者間看見差異與相同；胡淑雯以客觀與主觀兩種口吻，講述同一次性義工經驗；黃崇凱提出電車難題的版本，解答一則主婦與研究生外遇的結局；駱以軍從一對老少配，描述遲暮的女體之幻影如外星偵測；黃錦樹寫革命分子戰爭殘存的斷臂仍書寫歷史不輟，而後蛻化再生；童偉格以最後一個莫拉亞人的經歷，在悲傷的滅絕中仍保持擬人姿態。

字母會——E——事　件

E COMME ÉVÉNEMENT

小說本身便是事件，
小說必須讓自身成為由書寫強勢迫出的語言事件。

小說不是陳述故事，而是透過語言讓事件激烈發生的場域。陳雪以尋找母親，描述一起事件成為生命的ground zero原爆點；童偉格描寫自認為沒有故事的平凡送貨員，卻有著扭轉一生的事件；駱以軍以香港尋人之旅，寫出事件如何製造裂痕導致毀滅；顏忠賢描述瑜珈中心裡罹癌化療、一位如溼婆的女子，思索末世福音的矛盾；胡淑雯在兒童樂園遠足中，揭露專屬兒童的恐懼與壓抑；黃崇凱讓民俗信仰飛出外太空，萬善爺可以當駭客、辦電玩比賽或者去KTV熱唱：黃錦樹以一棵大樹下的祖墳的魔幻事件，見證主角的成人。

字母會——F——虛　構

F COMME FICTION

虛構首先來自語言全新創造的時空，
這是文學抽筋換骨、斷死續生的光之幻術。

虛構不是創造不可見之物，而是可見與不可見之間的戰役，使可見的不可見性被認識，這就是書寫最激進之處。駱以軍以臉書上的「神經病」挑戰記憶的可信度，與讀者共同辯證不可置信故事的真實性；黃崇凱虛構臺灣與吐瓦魯合併下的婚姻，為非常寫實的新移民故事；陳雪讓抑鬱症患者以寫小說拼湊身世，從而看見活過的人生不過是其中一種版本；胡淑雯描述年幼期的跳躍，可能來自一次偶然幾近自我虛構的擾動；顏忠賢講述峇里島魚神帶來的祈求與恐懼，來自於祂在人類腦中放入的一種暗示，信仰有自行啟動虛構的能力；黃錦樹以連環夢境重新編輯時空，夢的虛構也是人類經驗的來源；童偉格以老者的眼光，表白人生如倖存者般，要使曾經歷的一切留存為真。

字母會 G系譜學

L'abécédaire de la littérature:
G comme Généalogie

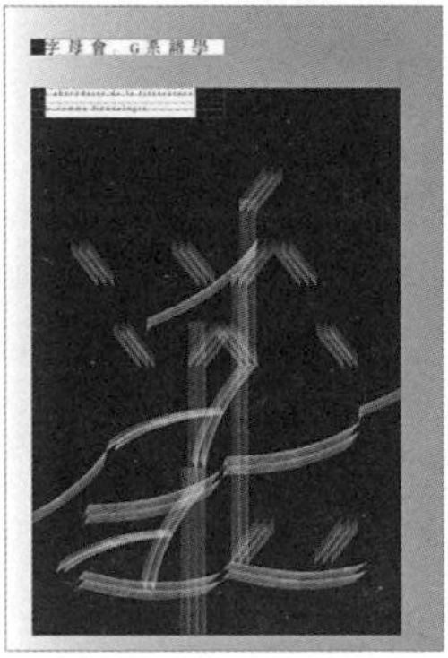

小說家首先是一個系譜學者，
小說書寫等於重新思考小說的起源與誕生。

系譜學講述的不是繼承的故事，字母G是確認更多的差異，以成為小說重新誕生的條件。童偉格以探訪友人新生兒之舉，描寫系譜學所啟動的是記憶與關係的反覆確認。黃崇凱描寫在隔代教養少年，成長到父母意外懷孕生下自己的年歲，如何重新理解父母抉擇與他們的人生。顏忠賢則以孿生姊妹對刺青的態度外顯她們的巨大差異，但仍可靠想像擁有共同的本質。胡淑雯描寫政治犯家庭在夾縫中延續的三代史，從奮鬥求生轉為日常的家庭肥皂劇。駱以軍以一場國中老同學的對話，拼湊出三十年來同代人的交集，與其後成長的變異。陳雪述說兩位繼承者的故事，一位人生落魄的寫手，幫另位背負家族記憶債務與資產的女子代寫傳記，完成後才理解原來那段時光使自己不致自殺。

字母會 H偶然

L'abécédaire de la littérature:
H comme Hasard

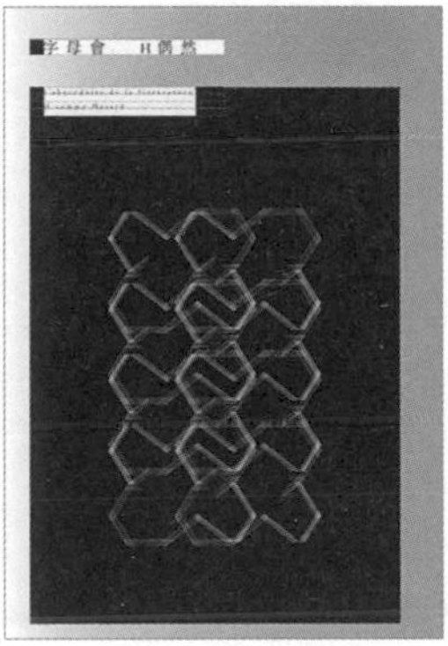

文學因來自域外的力量而存在，
在一切典範之外與各種偶然相遇。

偶然經常以暴力留下印記。字母H拆解諸多偶然埋下的未爆彈，一個人的誕生、形成與消亡都處在這隱然威脅之中。胡淑雯的女性主角追憶一個因HIV而過世的朋友，他偶然所遭逢的暴力，使他一生重複以暴行對待自己。陳雪描寫女子被強暴的創痛在漫長時間後，終於不再自我責怪，認知這段經歷只是命運中的偶然。童偉格以父親死訊帶出疏離家庭的兩個偶然事件，母親不告而別及父子三人於安養院團聚，描述家不成家但終究必須是家。顏忠賢描寫與幼時家教日文老師的重逢，得知她未如過去想像中如公主般優雅美好的命運，反而是一生都在反抗命運的偶然。黃崇凱描寫男子的妻子突然變成一棵空氣鳳梨，原來是他老年在意識治療中複習生命史，這份意識卻背叛記憶兀自改寫。駱以軍則以企圖穿越隧道卻隨時可能遭火車撞死的男子，描繪人就是偶然脫離死神之手的美麗存在。

字母會 I無人稱

L'abécédaire de la littérature:
I comme Impersonnel

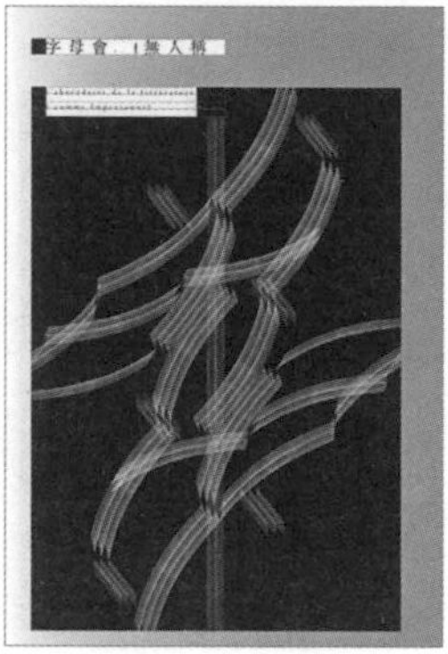

文學是無人稱的，因為它總是在分子的層級發生，在「人」與角色誕生之前便已風起雲湧。

不是你、我、他，亦非你們、我們、他們。字母I渴求對角色、人物的背叛、替代與監禁，藉由無人稱的狀態抵達真正的人。盧郁佳描繪一個失能家庭出身的女孩，拋棄自己的姓名，偷換制服、穿上新的名字，在底層社會依舊茫然生存。陳雪寫一名遭囚禁的女子，日久竟習慣受囚的日子與囚禁者的對待，開始在意識中編造另一個故事版本。童偉格筆下沒有名字的移工為被照護者讀信，並為所讀的信編造故事，在不斷的下一個「我」來臨之前，只剩下故事。駱以軍追尋一份消失的珍貴手稿，因見過手稿的人也一一消失，連帶手稿曾經存在也無人可證。顏忠賢藉由亂轉電視一邊亂聊，展現日常生活各種被激起的無規則思緒。胡淑雯描述主角在大學摯友的葬禮上，發現兩家同為政治受難家庭，但多年後卻記不起摯友的名字。黃崇凱則以臺灣本島東移寓言臺灣人不知所屬的心結與遭架空存在的命運。

字母會 J賭局

L'abécédaire de la littérature:
J comme Jeu

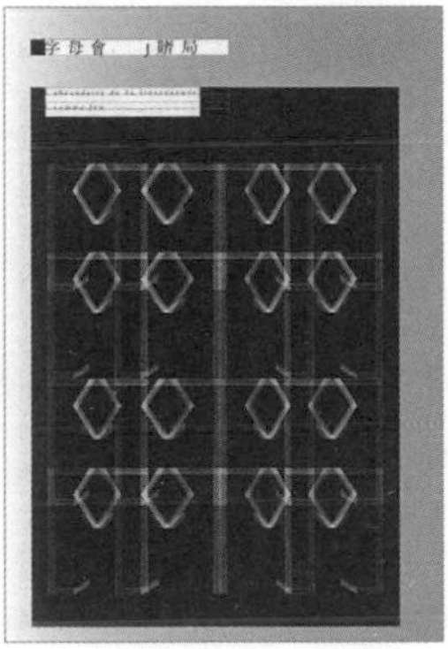

贏家不是不輸的人，而是懂得如何肯定與繁衍偶然，換言之，懂得玩（且真的玩）的人。

文學是賭局製造機。字母J開出一場場文學賭局，講究的不是輸贏，而是玩家的意志。黃崇凱從投資夾娃娃機現象的蓬勃，及夾娃娃機本身以小博大的遊戲規則，描繪臺灣獨有的賭徒性格。陳雪描寫沉迷聊天室約陌生人的女子，追求每次每次相約皆翻出不同可能的刺激感。胡淑雯描寫遭遇公車上性騷擾者犯行，被騷擾者賭上自身，以跟蹤等反侵略施以懲罰。顏忠賢描寫陷入憂鬱症藥物副作用的女子，在舞蹈中將身體交出去，超度自己的命與痛。童偉格透過見證小叔叔自殺之事，描寫人生如賽局理論的囚徒，生死成敗都是人生最佳策略。駱以軍以一名作家少時做出猥褻舉動在多年後面臨的窘況，描繪付出窺見黑暗不可見之處的代價。

字母會 K卡夫卡

L'abécédaire de la littérature:
K comme Kafka

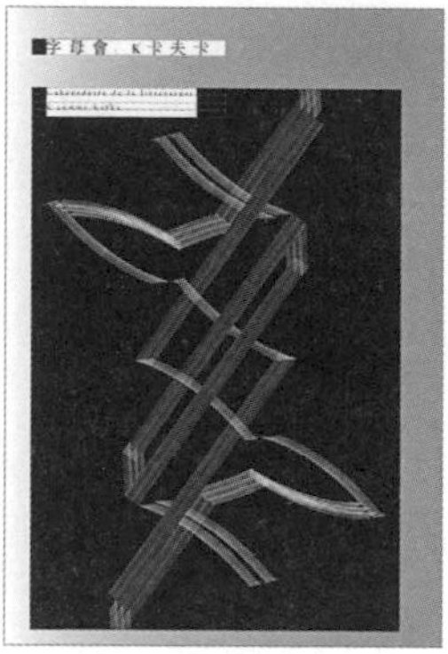

每個字句、情節與故事都被撕扯，並因此成為陌異，文學於是降臨在此不可能的空缺之中。

卡夫卡使人類思考書寫的宿命性，書寫是不可能的，但這同時成為必須書寫的原因，字母K的作品展現這些魔術時刻。駱以軍描述人居住過的住所是記憶的迷宮，以一棟四樓八戶的公寓為舞臺，當中妻子不見了的K，發現妻子已成迷宮的一部分。顏忠賢探討命的荒謬與不可算，主角的姊姊向仙姑拜師算命，對命的貪婪卻只是讓人變成墮入惡夢的怪物。陳雪筆下的作家以寫作治療自己童年的一場惡夢，她變形成鴨子後，要如何再度為人。黃崇凱則以平凡公務員在路上撿到一尾魚開始，描述同志冥婚奇遇。童偉格以獨自看哨的看守員接連精神失常的經過，說明荒謬的不是迷宮，而是對迷宮的忠誠。胡淑雯的連體嬰寓言是人追求獨立必須忍痛砍斷自己的過程。

字母會｜M死亡

L'abécédaire de la littérature:
M comme Mort

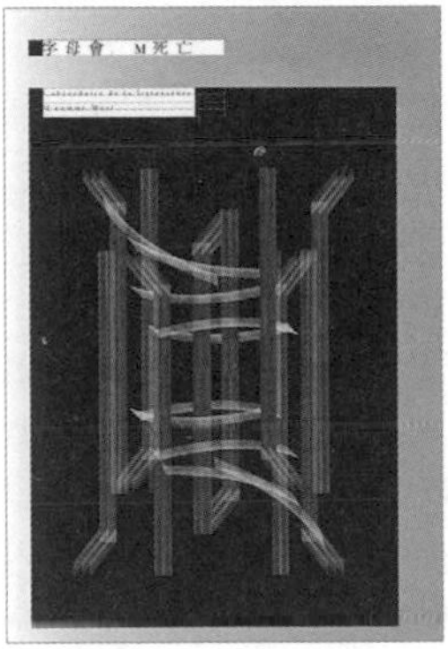

文學則在與虛構與非現實的親緣性上，已是某種「預知死亡記事」。

死亡是終極性的事件，字母M描述必定存在的死亡如何發動一切生存的欲望。胡淑雯描述異卵同胎哥哥在落水死亡後，被死亡重傷的主角因一隻受傷的鳥的生命力，得到生的欲望。陳雪則以母親的服藥身亡，描述死者將占據我們對愛的記憶，甚至不斷附身於活體之人供我們追尋。顏忠賢描繪我們都活在被死亡瞪視的處境，死人變妖怪的不死術，卻使不死比死亡更加恐怖。駱以軍闡述任何書寫都是一本生死簿，文字審判生死也審判真假。童偉格描寫建造擬像包圍家鄉死訊之人，最終面臨可能自己就是迷宮中的怪物彌諾陶洛斯。黃崇凱諷諭文學史是一部與死亡鬥爭的歷史，作家以創作留名抵抗死亡，最後卻是獨留空白的訃聞、遺作等著被變造、換取。

字母LETTER

駱以軍專輯從字母會策畫者楊凱麟以「pastiche」（擬仿）這個詞評論駱以軍開始，駱以軍在字母會的二十六篇小說，證明他是強大的文學變種人，就像孫悟空一樣，可以自行幻化成無數機靈小猴，不只七十二變。德國哲學背景的蔡慶樺則從康德哲學解讀《女兒》，認為絕美的女兒眾神的毀滅，是這個世界正常化的過程，但女兒們還是可以不遭遺棄，得到幸福。我們將在這篇書評深入理解駱以軍的存在論。長達二萬四千字的專訪，駱以軍細談自己的文學啟蒙、如運動員般地自我鍛鍊，以及對文學發展的看法，並提及這三年面臨的生命崩壞。翻譯《西夏旅館》得到英國筆會翻譯獎的辜炳達，則撰文描述他如何從《西夏旅館》讀到了《尤利西斯》，在著迷中一頭栽進翻譯的艱困旅程，他列舉翻譯這本書的五大難題。透過這四個不同角度，期待能全面而完整地透視這位當代重要的華文小說家。

MAN *of* LETTER

n.[C]有著字母的人；有學問者。

LETTER，字母，是語言組成的最小單位；複數時也指文學、學問。透過語言的最小單位，一個人開始認識自己與世界，同時傳達與創造所感所思，所以LETTER也是向世界投遞的信函；《字母LETTER》是一本文學評論雜誌，為喜好文藝的人而存在。

字母LETTER：駱以軍專輯

Vol.1 2017 Sep. 定價150元

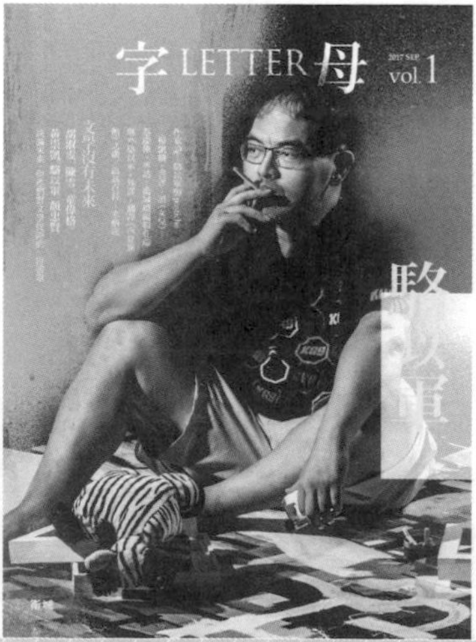

陳雪專輯以企畫專題「承認情感匱乏」前導。情感是人的標記，是人與他人關係之源，各種共同體存在可能的基礎，因此不僅是研究者與創作者探究幾千年的重要課題，更是凡人每日所需、所困與追尋一生的命題。蔡慶樺、魏明毅、黃哲斌分別從哲學史、社會心理、網路現象三方角度切入，探討當代社會情感匱乏現象，以深入關照當代人的內在困境，呼應本期「陳雪專輯」。一九九五年因《惡女書》成名而被冠上酷兒作家的陳雪，在二十多年的不斷蛻變中，以著作撐開家庭創傷、愛與性的冒險、同性戀與異性戀的情感追尋與各種被妖魔化的生命。曾經人生如著火入魔的陳雪，二〇一一年與同性伴侶早餐人的婚姻宣告之後，如地獄不空誓不成佛的地藏王，以拉子姿態成為戀愛教主。專輯將以四篇評論與專訪呈現陳雪的追尋之路。字母會策畫者楊凱麟在作家論中以「affect（情感）」為陳雪的關鍵字，評論陳雪是精神與肉身皆升壓的「情感競技」。兩位書評者，王智明以陳雪最新散文集《像我這樣的一個拉子》，評述陳雪如何自白拉子的淬鍊，並從飛蛾撲火的陳雅玲以寫作羽化成蝶，再造自己為小說家陳雪；辜炳達從建築空間與推理文類的發展史，重新定位《摩天大樓》落在世界文學史上的位置。人物評論則由楊美紅撰寫陳雪作品中來自底層的滾動力道。本期專訪則由兩家出版社編輯聯訪陳雪，陳雪將道出如何以文學自我教養，持續書寫所欲捕捉的傷害之內核，及二十多年來寫作的階段性變化，並談及近年寫臉書、散文，以及參與同志運動的想法，陳雪如今已是一個活活潑潑的陳雪。

字母
14
字母會L逃逸線

作　者——楊凱麟、黃崇凱、胡淑雯、顏忠賢、陳雪、駱以軍、童偉格、潘怡帆
總編輯——莊瑞琳
責任編輯——吳芳碩
行銷企畫——甘彩蓉
封面設計——何佳興
內頁設計——張瑜卿
排　版——宸遠彩藝

社　長——郭重興
發行人兼出版總監——曾大福
出　版——衛城出版／遠足文化事業股份有限公司
發　行——遠足文化事業股份有限公司
地　址——二三一四一　新北市新店區民權路一〇八-二號九樓
電　話——〇二-二二一八一四一七
傳　真——〇二-八六六七一〇六五
客服專線——〇八〇〇-二二一〇二九
法律顧問——華洋國際專利商標事務所　蘇文生律師
製　版——瑞豐電腦製版印刷股份有限公司
初　版——二〇一八年一月
定　價——二八〇元

國家圖書館出版品預行編目資料

字母會L逃逸線 / 楊凱麟等作.
－初版.－新北市：衛城出版：遠足文化發行，2018.01
面；　公分.－(字母；14)
ISBN　978-986-95892-8-4(平裝)
857.61　　　　106025210

ACRO
POLIS
衛城

字　母　會
FACEBOOK

填寫本書
線上回函

● 親愛的讀者你好，非常感謝你購買衛城出版品。
我們非常需要你的意見，請於回函中告訴我們你對此書的意見，
我們會針對你的意見加強改進。

若不方便郵寄回函，歡迎傳真或EMAIL給我們。
傳真電話——02-2218-8057
EMAIL——acropolis@bookrep.com.tw

或上網搜尋「衛城出版FACEBOOK」
http://www.facebook.com/acropolispublish

● 讀者資料

你的性別是 □ 男性 □ 女性 □ 其他

你的職業是 ______________ 你的最高學歷是 ______________

年齡 □ 20歲以下 □ 21-30歲 □ 31-40歲 □ 41-50歲 □ 51-60歲 □ 61歲以上

若你願意留下e-mail，我們將優先寄送 ______________ 衛城出版相關活動訊息與優惠活動

● 購書資料

● 請問你是從哪裡得知本書出版訊息？（可複選）
□ 實體書店 □ 網路書店 □ 報紙 □ 電視 □ 網路 □ 廣播 □ 雜誌 □ 朋友介紹
□ 參加講座活動 □ 其他 ______

● 是在哪裡購買的呢？（單選）
□ 實體連鎖書店 □ 網路書店 □ 獨立書店 □ 傳統書店 □ 團購 □ 其他 ______

● 讓你燃起購買慾的主要原因是？（可複選）
□ 對此類主題感興趣
□ 覺得書籍設計好美，看起來好有質感！
□ 議題好熱，好像很多人都在看，我也想知道裡面在寫什麼
□ 其他 ______
□ 參加講座後，覺得好像不賴
□ 價格優惠吸引我
□ 其實我沒有買書啦！這是送（借）的

● 如果你覺得這本書還不錯，那它的優點是？（可複選）
□ 內容主題具參考價值 □ 文筆流暢 □ 書籍整體設計優美 □ 價格實在 □ 其他 ______

● 如果你覺得這本書讓你好失望，請務必告訴我們它的缺點（可複選）
□ 內容與想像中不符 □ 文筆不流暢 □ 印刷品質差 □ 版面設計影響閱讀 □ 價格偏高 □ 其他 ______

● 大都經由哪些管道得到書籍出版訊息？（可複選）
□ 實體書店 □ 網路書店 □ 報紙 □ 電視 □ 網路 □ 廣播 □ 親友介紹 □ 圖書館 □ 其他 ______

● 習慣購書的地方是？（可複選）
□ 實體連鎖書店 □ 網路書店 □ 獨立書店 □ 傳統書店 □ 學校團購 □ 其他 ______

● 如果你發現書中錯字或是內文有任何需要改進之處，請不吝給我們指教，我們將於再版時更正錯誤

____
____
____
____
____

請沿虛線剪下

廣告回信
板橋郵局登記證
板橋廣字第1139號

請直接投郵•郵資由本公司支付

23141
新北市新店區民權路108-2號9樓

衛城出版 收

● 請沿虛線對折裝訂後寄回, 謝謝!

ACROPOLIS 衛城出版

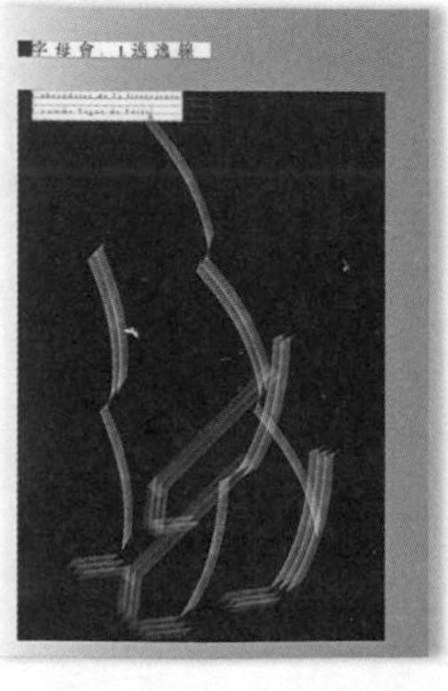